HARLEQUIN®

J A Z M I N®

Corazón celoso
Caroline Anderson

HARLEQUIN®
Tiempo para ti™

NOVELAS CON CORAZÓN

Editado por HARLEQUIN IBÉRICA, S.A.
Hermosilla, 21
28001 Madrid

I.S.B.N.: 84-396-9212-9
Depósito legal: B-40097-2001
Editor responsable: M. T. Villar
Diseño cubierta: María J. Velasco Juez
Fotomecánica: PREIMPRESIÓN 2000
C/. Matilde Hernández, 34. 28019 Madrid
Impresión y encuadernación: LITOGRAFÍA ROSÉS, S.A.
C/. Energía, 11. 08850 Gavá (Barcelona)
Fecha impresión Argentina:30.3.01
Distribuidor exclusivo para España: LOGISTA
Distribuidor para México: INTERMEX, S.A.
Distribuidores para Argentina: interior, BERTRAN, S.A.C. Vélez
Sársfield, 1950. Cap. Fed. / Buenos Aires y Gran Buenos Aires,
VACCARO SÁNCHEZ y Cía, S.A.
Distribuidor para Chile: DISTRIBUIDORA ALFA, S.A.

CAPÍTULO 1

¡AH, NO!

Will se pasó la mano por el pelo, mirando incrédulo la mancha. Cuando levantó la cabeza hacia el techo comprobó que justo sobre el colchón, un colchón nuevo, había una enorme gotera.

Estupendo. Debía haber una teja suelta en el tejado y, con su característica mala suerte, había sido el mes de marzo más húmedo del siglo.

Y, además, olía a humedad. Probablemente no solo había calado el colchón, sino la moqueta que había debajo de la cama. Murmurando algo que su abuela no habría entendido, Will salió de la habitación dando un portazo.

Antes de que nadie pudiera usar aquella casa, tendría que comprar un colchón nuevo, otro, y cambiar la moqueta.

Y la nueva inquilina, la doctora Lucie Compton, llegaría en menos de dos horas.

Cuando miró desde el patio comprobó que no se había equivocado. Allí estaban, o mejor dicho no estaban, las tejas que debían tapar el tejado.

Mascullando una maldición, Will entró en el

garaje y sacó un par de tejas que conservaba para casos de emergencia. Cuando se subió a la escalera para tapar el agujero, se encontró a Minnie, su gata siamesa, llorando amargamente en el tejado.

–¿Cómo has subido hasta aquí? –le preguntó, enfadado.

–Miau –maulló la gata.

–Ven aquí, anda –murmuró Will, mirando su reloj. Le quedaba una hora y media antes de que llegara la doctora Compton. La gatita no dejaba de maullar, asustada–. ¡Acércate! –exclamó, alargando el brazo.

La escalera se movió hacia la derecha y Will la estabilizó sujetándose al borde del tejado.

Después, volvió a estirar los brazos todo lo posible para agarrar a Minnie, que parecía estar sufriendo un ataque de pánico, y entonces sintió que la escalera se movía de nuevo.

Will se sujetó como pudo y rezó, pero Dios debía andar ocupado en otras cosas o había decidido darle una lección.

Fue como ver una película a cámara lenta. La escalera se inclinó hacia un lado y, aunque él intentó sujetarla, no fue capaz de hacerlo.

«Lo que me faltaba», pensó.

Y entonces se golpeó contra el suelo.

Le dolía todo. La cabeza, las piernas, las costillas... pero lo que más le dolía eran los brazos.

Will apoyó la frente en el suelo, pero se apartó

enseguida, buscando un pedazo de sí mismo que no estuviera dolorido. Cuando pudo hacerlo, respiró profundamente, intentando llevar oxígeno a sus pulmones.

Esperaba que pasara el dolor, pero era un hombre realista. Cinco minutos después, con la respiración normalizada, decidió que no estaba muerto. Afortunadamente.

En ese momento, la gatita empezó a frotarse contra él.

–Te voy a matar –susurró–. En cuanto descubra cómo puedo salir de esta.

Minnie se sentó a su lado y empezó a lamerse las patitas, como si el asunto no fuera con ella.

Will decidió ignorarla. Tenía problemas más importantes que vengarse de una frívola gata. Se movió un poco, pero le dolía mucho el brazo izquierdo. Probó con otra postura... no, el derecho le dolía aún más.

¿Las rodillas? Mejor. Y los hombros también estaban intactos. Si pudiera rodar sobre su estómago...

Will lanzó una maldición que habría matado a su abuela de un infarto y se quedó de espaldas.

La primera fase había sido completada. Lo único que tenía que hacer era levantarse y llamar a una ambulancia.

¡Ja!

Al levantar la cabeza, tuvo que ahogar un gemido de dolor. Y cuando se miró el brazo derecho, colocado en una postura imposible, se dio cuenta de que estaba roto. ¿Y el izquierdo?

La muñeca se le estaba hinchando y si seguía haciéndolo el reloj le cortaría la circulación. Estupendo. Will cerró los ojos y apoyó la cabeza en el suelo. Tendría que esperar a que llegase Lucie Compton para que lo sacara del apuro.

Tenía algo clavado en la espalda, una piedra seguramente, pero no podía moverse. Si fuera un filósofo, agradecería el dolor porque era prueba de que estaba vivo. Pero no era filósofo y, en aquel momento, no le habría importado mucho estar muerto.

Y entonces, como si la situación no fuera ya horriblemente desesperada, sintió las primeras gotas de lluvia cayendo sobre su cara...

Lucie llegaba tarde. Lucie siempre llegaba tarde, pero aquella vez había sido culpa de Fergus y su absurdo interrogatorio.

Él sabía que tenía que hacerlo, sabía que, como médico, debía hacer prácticas y sabía que era algo temporal.

Las prácticas eran algo temporal, pero la ruptura con Fergus era definitiva. Aunque Lucie esperaba que sus prácticas en Bredford durasen lo menos posible. Seis meses como máximo. Eso, junto con los seis meses que había trabajado como médico de guardia, sería suficiente, y podría volver a Londres para incorporarse a un gran hospital.

Por supuesto, no tenía por qué irse al campo. Podría haber encontrado una clínica en Londres, pero la verdad era que había aceptado para alejarse de Fergus. Aquella relación no tenía sentido y se lo había dicho. De todas las maneras posibles. Incluso había tenido que ser grosera con él.

«No soy tuya. Vete. Déjame en paz».

Fergus había entendido por fin. O, al menos, había parecido entender porque salió de su coche dando un portazo y se perdió entre el tráfico de la populosa calle Fullham.

Lucie paró el coche en el arcén y echó un vistazo al mapa. Estaba lloviendo, por supuesto, y no estaba segura de si había tomado la carretera que debía tomar.

—La salida de High Corner y luego el desvío a la derecha —murmuró, mirando el camino de tierra. ¿Sería aquello? Pero iba a una granja, así que seguramente no se había equivocado.

Con un suspiro de resignación, volvió a arrancar. La carretera, además de no estar asfaltada, tenía muchos baches. ¿Baches? Socavones, más bien.

De repente, el coche se quedó atascado en uno de ellos, uno que parecía llegar hasta las Antípodas.

Lucie dio marcha atrás, pero las ruedas no se movían.

Frustrada, salió del coche y se metió en un charco.

Hasta las rodillas.

¡Cuando viera al doctor Ryan iba a decirle un par de cosas!

Subiéndose el cuello de la cazadora, decidió ir andando. La granja no podía estar muy lejos.

Asumiendo, claro, que no se hubiera equivocado de salida en la autopista.

–Mira el lado bueno, Lucie. Podría estar nevando –se dijo a sí misma. Diez segundos después, un copo de nieve se aplastaba contra su nariz–. ¡No era una sugerencia! –gritó, levantándose aún más el cuello de la cazadora.

En cuanto viera al doctor, «la carretera tiene algunos baches», Ryan iba a matarlo.

Llegaba tarde. Qué típico de las mujeres, pensaba Ryan. Cuando más se las necesitaba, llegaban tarde.

Pensó de nuevo en levantarse, pero el dolor que experimentaba cada vez que movía un músculo lo hizo desistir. Además, tenía las llaves de la casa en el bolsillo del pantalón y no podría sacarlas.

De modo que se sentó como pudo, apoyado en la pared, y esperó. Echando humo.

Minnie le hacía compañía. Minnie, la causante de la tragedia. Debería haber sabido que la maldita gata era perfectamente capaz de bajar sola del tejado. Si hubiera pensado un poco, se habría dado cuenta de que podía haber saltado al techo de la leñera y, desde allí, al suelo. Seguramente, así era como había subido.

Will apoyó la cabeza en la pared y cerró los ojos. Había dejado de llover y un diminuto rayo de sol estaba dándole en la cara. Típico de abril: lluvia, nieve y luego sol. Y vuelta a empezar.

El sol le haría bien. Quizá así podría dejar de temblar de forma incontrolable. Estaba conmocionado por las fracturas. Desde luego, el brazo derecho estaba roto y la muñeca izquierda seguía hinchándose. La correa del reloj se le clavaba en la carne y Will intentó romperla con los dientes, pero el dolor que le producía era tan grande que no merecía la pena.

«Por favor, no dejes que tenga los dos brazos rotos», rezó mentalmente, desesperado, pensando en todas las cosas que no podría hacer con los brazos rotos... cosas muy personales.

¿Estaría Dios intentando darle una lección para que sintiera piedad por sus pacientes? ¿Dándole un conocimiento personal de su sufrimiento?

¿O le estaría gastando una broma pesada?

¿Dónde estaba Lucie Compton? Richard, su socio, había quedado tan encantado con ella después de la entrevista que Will tenía grandes esperanzas. Pero si sus habilidades médicas eran como su habilidad para llegar a tiempo a los sitios, pobres de sus pacientes.

Y él iba a ser el primero.

Bruno estaba ladrando dentro de la casa. ¿Habría oído a alguien por el camino?

Quizá era Lucie. Will no oía ningún coche, pero escuchó algo... pasos. Pasos rápidos por la carretera.

En ese momento, vio a una mujer. Pequeña,

empapada y con cara de pocos amigos, la joven se acercó a él como si quisiera matarlo.

—¿La carretera tiene algunos baches? —le espetó, con las manos en las caderas. Ryan abrió la boca, pero ella no tenía ganas de charlar—. ¿Algunos baches? Mi coche se ha quedado atascado en un agujero que debe tener setenta metros de profundidad.

Lucie Compton, desde luego.

—Mire...

—Seguro que se ha roto el radiador —siguió ella, furiosa—. ¡Estoy calada hasta los huesos! ¡En este sitio dejado de la mano de Dios no funciona el móvil y lo único que usted sabe hacer es quedarse ahí tirado, con cara de idiota!

Ella levantó un pie y, por un momento, Will pensó que iba a darle una patada. Afortunadamente, solo golpeó el suelo, levantando una nube de barro.

—¿No va a decir nada? Al menos, podía levantarse y abrirme la puerta. ¡Estoy helada de frío!

Era preciosa, pensó Will, con esa melena rizada y... el humo saliéndole por las orejas. Tenía unos ojos verdes que, en circunstancias normales, cuando no despidieran rayos y centellas, debían ser preciosos. Y sus labios... tenía unos labios generosos y húmedos que imaginó besándolo por todas partes para curarle las heridas...

Sorprendido, sacudió la cabeza. ¿En qué estaba pensando?

—Llega tarde. Ayúdeme.

Ella lo miró, boquiabierta.

—¿Perdón?

—Me he caído de la escalera y creo que me he roto los brazos. ¿Le importa echarme una mano?

Los ojos verdes se llenaron de horror.

—¿Y por qué no me lo ha dicho en lugar de quedarse ahí sentado como un tonto?

—No me ha dejado meter baza —replicó él.

Lucie pareció desinflarse.

—Perdone, no sabía... ¿Qué se ha roto?

—El radio del brazo derecho y seguramente la muñeca del izquierdo. Ah, también creo que sufro una pequeña conmoción cerebral y me duelen mucho las piernas, pero creo que puedo moverlas. Por lo demás, estoy como una rosa.

Lucie se puso en cuclillas para examinarlo, con los húmedos rizos rozando su cara.

—¿Puedo echar un vistazo?

—No toque nada —le advirtió Will, con los dientes apretados.

Ella lo examinó durante unos segundos, sin apenas tocarlo.

—Necesito algo que le sujete los brazos. ¿Tiene un pañuelo en la casa?

—Sí, pero las llaves están en el bolsillo de mi pantalón.

—¿En qué bolsillo? —murmuró Lucie, mirando los ajustados vaqueros.

—En el derecho.

—Apóyese un poco en el lado izquierdo para que pueda meter la mano.

—Tenga cuidado —le advirtió él, sin saber bien a qué se refería.

Lucie metió la mano en el bolsillo, disculpándose por la incómoda maniobra, y Will cerró los ojos, preguntándose cuánto tiempo podría aguantar sin avergonzarse a sí mismo, con aquellos dedos largos y finos moviéndose tan cerca de...

—¡Ya está! —exclamó ella, victoriosa, moviendo las llaves delante de su nariz.

—En la casa hay un perro. No es peligroso, pero si sale se me tirará encima y es justo lo que menos falta me hace.

—Lo meteré en una habitación. ¿Dónde puedo encontrar un pañuelo?

—En mi dormitorio. Los pañuelos están en uno de los cajones de la cómoda. Y el perro se llama Bruno.

Mientras ella se alejaba, Will se preguntó cómo, con lo que estaba sufriendo, podía fijarse en aquel culito tan apretado... Debía estar perdiendo la cabeza.

Lucie entró en la casa y saludó a Bruno, una cosa negra y peluda con ojos melancólicos y unos colmillos que podrían partir a un hombre por la mitad. Pero esperaba que su personalidad estuviera más en los ojos.

—Hola, Bruno. Siéntate —le ordenó. Para su asombro, el animal se sentó, moviendo la cola—. Buen chico —sonrió, acariciando su cabezota. Bruno se acercó a la puerta y empezó a rascarla con la pata—. Lo siento, pero no puedes salir. Ha habido un accidente.

Después, buscó el dormitorio y encontró dos

pañuelos de buen tamaño que servirían de cabestrillo.

Cuando volvió a salir, el doctor Ryan tenía los ojos cerrados y estaba muy pálido.

–¿Doctor Ryan?

–Will –murmuró él, abriendo los ojos–. Lucie, quítame el reloj. Me duele mucho.

Ella lo hizo, pero no podía sacárselo porque la mano también estaba hinchada. El reloj se había parado dos horas antes. ¿Tanto tiempo llevaba tirado allí? Probablemente.

Lucie intentó moverle el brazo derecho con toda la delicadeza posible, pero, aun así, él emitió un gemido de dolor. Después, colocó un pañuelo sujetando el brazo izquierdo un poco más bajo para que no se rozaran.

–Ahora tengo que llevarte al hospital. ¿Alguna idea?

–¿Teletransportación? –sugirió Will, irónico.

Tenía sentido del humor, pensó Lucie, admirada. En aquellas circunstancias, no todo el mundo tendría sentido del humor.

–¿Tienes coche?

–Sí. Está detrás del granero. Las llaves están puestas.

–¿Tienes seguro a terceros?

–Si tienes más de dieciocho años, estás cubierta.

–Claro que tengo más de dieciocho años –replicó ella, alejándose–. Qué idiota. Sabe perfectamente la edad que tengo.

Cuando dio la vuelta al granero, vio un jeep

enorme. Gigantesco, más bien. Ella nunca había conducido algo tan grande y tendría que hacerlo con cuidado para no dar botes. Con público, además.

Qué día...

Lucie subió al jeep y cuando buscó las marchas y no las encontró, bajó y volvió a dar la vuelta a la casa, exasperada.

—Es automático —le dijo, como si estuviera acusándolo de un crimen.

—Así es más fácil de conducir.

—Es que yo estoy acostumbrada a conducir con marchas.

—Solo tienes que pisar el acelerador y poner la palanca en la D. Arranca solo.

—Ya.

Lucie volvió al jeep e hizo lo que Will le había pedido. Puso la palanca en la D y pisó el acelerador. El jeep dio un salto y ella, asustada, pisó el freno. Aquella cosa se movía sin tocarla.

Por fin, consiguió arrancar sin causar una catástrofe y se acercó a Will todo lo que pudo. Pero cuando llegó a su lado, no sabía muy bien cómo parar.

—Pon la palanca en la P —le indicó él, desde el suelo—. Y el freno de mano —añadió, como si no se fiara.

Lucie iba a replicar, pero cuando pisó el freno, el jeep seguía moviéndose.

—Esto no funciona.

—Pon el freno de mano.

—Ya lo he puesto.

–Pues vuelve a ponerlo –exclamó él, exasperado–. Podrías haber dado marcha atrás para quedar más cerca.

–No puedo dar marcha atrás. Es muy complicado –dijo Lucie, bajando del jeep.

–Podrías haber llamado a una ambulancia.

–Puede que tenga que hacerlo. Mi coche está en medio de la carretera.

–Yo tengo una cuerda. Podríamos tirar de él.

–¿Podríamos? –repitió ella, mirándolo de arriba abajo–. No creo.

–Bueno, ya nos preocuparemos de eso más tarde. Ahora llévame al hospital –dijo Will, con los dientes apretados.

Lucie lo ayudó a levantarse, tarea nada fácil porque era un hombre muy alto.

–¿Estás bien?

–De maravilla –contestó él, irónico–. Abre la puerta.

–¿Por favor?

–Por favor.

–Ah, bueno.

–No te pases –murmuró Will.

Lucie abrió la puerta e intentó ayudarlo a subir, pero él, obstinado, quería subir solo. Por supuesto, no podía hacerlo sin brazos y, al final, tuvo que empujarlo.

Will apretó los dientes y, cuando por fin estuvo en el asiento, dejó caer la cabeza en el respaldo. Debía dolerle muchísimo, pero no dijo nada.

–No hace falta que me pongas el cinturón.

Lucie cerró la puerta y dio la vuelta al jeep, preguntándose cómo, en aquellas circunstancias, podía haberse fijado en lo duro que era el cuerpo de aquel hombre. Su espalda, su trasero...

Pero decidió que aquellos pensamientos eran muy inapropiados y se colocó tras el volante, preguntándose cómo iba a dar marcha atrás a aquel jeep que parecía un tanque.

¿Cómo podía ser tan tonta?, se preguntaba Will. ¿Cómo una mujer que había terminado la carrera de medicina no era capaz de conducir un coche automático?

Lucie arrancó, movió el jeep un metro, se le caló, volvió a arrancarlo, se metió en un bache...

—¿Vas a sacarme de aquí o no, guapa?

—Oye, conmigo no te pongas tonto. Si el camino estuviera asfaltado, esto no pasaría.

Qué respondona, pensó Will.

—Intenta llevar el jeep hacia el centro —le dijo, con los dientes apretados.

Pero en el centro del camino también había baches y cada salto lo hacía ver las estrellas.

Tenía que tumbarse, tenía que tomar algo para el dolor. Tenía que morirse, pensó.

Pero lo que no necesitaba era viajar en un jeep con aquella asesina.

—Ahí está mi coche —anunció Lucie.

—Ten cuidado. No te choques con él, por Dios.

Afortunadamente, consiguieron pasar sin llevarse el parachoques y Lucie siguió metiendo alegremente las ruedas del jeep en todos y cada uno de los baches del camino.

Solo le quedaban un par de kilómetros, pensó Will, en agonía. Solo un poco más...

–Sí, es una fractura limpia del radio. En cuanto al brazo izquierdo, afortunadamente solo es un esguince. Deberías alegrarte.

–Y me alegro.

Desde luego que se alegraba. Se alegraba mucho al saber que no tendría que depender de nadie para realizar... sus funciones más básicas. Probablemente, le dolería mucho mover el brazo izquierdo, pero al menos no tendrían que escayolarlo.

–Esto te va a doler. Lo siento –le dijo el médico.

El procedimiento para reducir la fractura antes de escayolarle el brazo sí fue doloroso. Cuando el médico tiró para colocar los huesos en su sitio, Will tuvo que apretar los dientes para no lanzar un alarido.

Pero el dolor lo hizo vomitar, y en lo único que podía pensar era que se alegraba de que Lucie Compton no estuviera allí, mirándolo.

–¿Ha terminado? –preguntó la enfermera.

Él asintió con la cabeza.

–Me parece que tienes una pequeña conmoción cerebral, así que creo que deberías quedarte aquí esta noche.

–No –dijo Will, intentando ignorar el tremendo dolor de cabeza–. Estoy bien. Quiero irme a casa.

–Cabezota, ¿eh? –sonrió el médico, mirando la escayola–. Esperemos que el anestésico surta efecto, pero habrá que comprobar si se hincha por la noche. Si se te hincha otra vez la muñeca, habrá que escayolarla también. ¿De acuerdo?

–De acuerdo.

–Sigo pensando que deberías dormir en el hospital esta noche, pero si tienes alguien que se quede contigo... Tú ya sabes lo que tienes que vigilar.

–Sí, claro.

Will llevaba años dando consejos a sus pacientes sobre los riesgos de una conmoción cerebral, pero nunca había pensado que le pasara a él.

Al menos, su brazo derecho parecía a salvo con la escayola que iba desde los dedos al codo. Pero no podía moverlo en absoluto, así que iba a necesitar mucho el izquierdo durante las próximas semanas.

–Voy a recetarte algo fuerte para el dolor. No tomes más de cuatro pastillas al día –le recordó el médico.

Will no pensaba tomarlas, pero no dijo nada. Él mismo podría recetárselas el lunes cuando fuera a la consulta y...

¿Cómo iba a trabajar con un brazo escayolado y el otro sujeto por una venda de cinc? Estupendo. Lucie empezaba sus seis meses de prácticas el lunes y él era el único médico de la clínica cualificado para ser su instructor.

Will suspiró. Tendría que encargarse de sus pacientes mientras él la supervisaba. Pero tendría

que llevarlo en el coche para hacer las visitas...
¡Horror!

Entonces recordó que tenía que cambiar el colchón y la moqueta. No podía dormir en la casita hasta que hubiera comprado un colchón nuevo. Estupendo. Tendría que dormir en su casa durante unos días. Los menos posibles, desde luego. A él no le gustaba compartir casa con nadie.

Y menos con una impertinente como Lucie Compton.

Lucie estaba aburrida. Había leído todas las revistas, estudiado todos los panfletos informativos y paseado por todos los pasillos.

¿Cuánto tiempo se tarda en poner una escayola?

En ese momento, apareció una enfermera.

—¿Doctora Compton?

¡Por fin! Lucie se levantó de un salto.

—¿Qué tal está?

—Un poco gruñón. A los hombres no les gusta perder su independencia. Pero ya puede irse a casa.

Lucie la siguió hasta una de las consultas y allí estaba Will, sentado en una silla de ruedas, con un aspecto lamentable.

—Siento que hayas tenido que esperar tanto tiempo.

—No pasa nada. ¿Quieres que te lleve en la silla hasta el coche?

–Iré andando –dijo Will.

Ella miró a la enfermera, pero la mujer se encogió de hombros.

Un hombre testarudo y difícil, pensó Lucie con una sonrisa. Iban a ser seis meses muy interesantes.

CAPÍTULO 2

CÓMO QUE está inhabitable?

Will suspiró, ahogando una maldición. Lucie tuvo la impresión de que había estado a punto de levantar la mano para pasársela por el pelo. Solo que no podía. El pobre.

—Se han caído unas tejas. Eso es lo que estaba haciendo cuando me caí, intentar tapar el agujero del tejado.

—Me habías dicho que estabas intentando rescatar a tu gata.

Will suspiró de nuevo, irritado.

—Y es verdad... pero eso da igual. El caso es que el colchón está mojado y la moqueta también, así que no puedes dormir aquí hasta que compre otro colchón y ponga moqueta nueva.

Tampoco era para tanto. Solo serían unos días, se dijo Lucie. El pobre doctor Ryan tenía un aspecto horrible. ¿No pensaba tomar algún analgésico? Seguramente, no. Era de esos hombre incapaces de reconocer que tienen problemas.

Cabezota como una mula.

Will miró hacia una puerta, con expresión angustiada.

–¿Necesitas algo? –preguntó Lucie.

–Voy al cuarto de baño.

Cuando ella se levantó de la silla, Will le lanzó una mirada que hubiera podido congelar el Atlántico.

–Ni se te ocurra.

Escondiendo una sonrisa, Lucie volvió a sentarse y esperó pacientemente.

Los botones, decidió Will, eran cosa del demonio. Solo Dios sabía quién había inventado los vaqueros con botones. Pero, desesperado, consiguió desabrocharlos. Cualquier cosa antes que pedirle ayuda a ella.

Lo que no hizo fue volver a abrocharlos. No podía soportar el dolor en la muñeca. ¿Y ahora qué?, se preguntó. ¿Ir con la bragueta desabrochada o cambiarse de pantalón?

Pero los pantalones estaban en el piso de arriba y él estaba abajo. Le dolía la cabeza, estaba mareado y tenía ganas de vomitar otra vez.

Intentó abrir el grifo, pero estaba muy apretado. Intentó con el otro. Tampoco. ¿Por qué apretaba tanto los grifos?, se preguntó, furioso.

Will apoyó la cabeza sobre la pared y, al hacerlo, se le escapó un gemido. Le dolía todo. Si tuviera tres años, se habría puesto a berrear. Pero tenía treinta y tres y no pensaba darle a Lucie Compton el placer de verlo llorar.

–¿Will, te encuentras bien?

–Sí –contestó él, con los dientes apretados.

–He pensado que querrías ponerte un pantalón de deporte. Estarás más cómodo.

Will abrió la puerta como pudo y tomó los pantalones. Aquella mujer parecía leer sus pensamientos.

No la miró a los ojos. No quería ver burla o, peor, compasión en ellos.

–Gracias. Eres muy amable, Lucie –dijo ella, desde el pasillo–. De nada, de nada.

–Gracias –gruñó él.

Lo único que tenía que hacer era quitarse los zapatos y los vaqueros sin caerse de cabeza.

Will tenía un aspecto horrible. Estaba pálido, tirando a gris, y parecía a punto de vomitar. Había tardado siglos en cambiarse de pantalones y estaba tumbado en el sofá mientras Lucie intentaba encender la chimenea.

Por fin, el tronco se prendió, seguramente de aburrimiento. Contenta, Lucie puso otro tronco encima para hacerle compañía.

Bruno también parecía contento y se tumbó frente al fuego con un suspiro.

–¿Por qué no te vas a la cama? –sugirió Lucie, después de verlo luchar contra el sueño durante una hora.

–Tengo que permanecer despierto el mayor tiempo posible –contestó él–. No sé si recuerdas que tengo una pequeña conmoción cerebral –añadió, con tono condescendiente.

–No tienes que estar despierto. Si alguien te vigila para que no entres en coma, puedes meterte en la cama con toda tranquilidad. ¿Se te ha olvidado que yo también soy médico? Estoy «casi» cualificada para determinar si una persona está viva o muerta.

Will la miró por el rabillo del ojo.

—Estoy bien, gracias.

Estaba fatal, pero Lucie no pensaba discutir.

Tomando la maleta, que había sacado del coche cuando volvían del hospital, subió la escalera y buscó su dormitorio.

Después de hacer la cama, entró en el de Will y cambió las sábanas. Tenía que acostarse, le gustara o no.

Y ella comprobaría que no entraba en coma, le gustara o no.

Lucie volvió al cuarto de estar y se colocó delante de él, con las manos en las caderas.

Tenía los ojos cerrados y, sin querer, se fijó en sus largas pestañas oscuras. La mayoría de la gente tiene un aspecto inocente e infantil cuando duerme. Pero Will no. Will tenía un aspecto duro e implacable. Indestructible.

Muy sexy.

¿Sexy? Lucie volvió a mirarlo. Sí, era guapo. Si no fuera tan antipático. Tenía el pelo de color castaño, la nariz recta y aristocrática, los labios firmes y un mentón cuadrado.

¿Sexy? Desde luego. Y, además, tenía unos preciosos ojos grises. Demasiado penetrantes, pensó, preguntándose si alguna vez miraban a alguien con ternura.

Probablemente no.

–¿Will?

Él abrió un ojo.

–¿Qué?

–Te he hecho la cama. ¿Quieres comer algo antes de irte a dormir?

–No. Me duele el estómago.

–¿Quieres agua? Te convendría beber mucha agua para limpiar el riñón.

–Lo sé. Dentro de un momento iré a la cocina.

–¿Quieres un analgésico?

–No me hace falta.

–Bueno, voy a buscar un vaso de agua. Pero tienes que irte a la cama. Estarás más cómodo allí.

–¿Te ha dicho alguien que eres muy mandona?

–Muchas veces –contestó ella, sin inmutarse–. ¿Dónde duerme Bruno?

–Supongo que esta noche dormirá frente a la chimenea. Normalmente, duerme delante de mi habitación.

Lucie subió los analgésicos y después volvió por él, pero lo encontró en la escalera con cara de malas pulgas. Disimulando una sonrisa, lo dejó pasar y, cuando estuvo arriba, lo siguió hasta la habitación.

–¿Te ayudo?

–Puedo hacerlo solo.

–¿La camisa tiene botones?

–Sí –contestó él–. Pero puedo desabrochármela yo solito.

–¿Por qué no dejas que te ayude? –suspiró Lucie.

Will miró la cama, confuso.

–Has cambiado las sábanas.

–Se duerme mejor con sábanas limpias. Venga, deja que te ayude, no seas cabezota.

Will decidió no discutir. No tenía fuerzas.

–Vale.

Con mucho cuidado, ella le quitó el jersey y después la camisa. Cuando Will estuvo desnudo de cintura para arriba lo miró, fascinada. Tenía un torso fuerte y musculoso... y lleno de cardenales.

–Necesitas un poco de árnica –dijo, tocando sus costillas con delicadeza.

–Déjate de brujerías.

–Las comadronas usan árnica. Deberías abrir un poco tu mente –sonrió ella.

–Ya.

–¿Duermes con pijama?

–No. Ya puedes irte. Yo me meteré en la cama.

–¿Y los calcetines?

–Puedo dormir con ellos.

–¿Sueles hacerlo?

–No –suspiró Will.

–Muy bien –dijo Lucie, inclinándose para quitarle los calcetines.

Tenía unos pies muy bonitos, fuertes, grandes, con un poco de vello oscuro sobre el empeine.

–¿Puedo meterme en la cama, por favor?

Ella dejó la ropa sobre una silla, sonriendo para sí misma.

–He dejado el vaso de agua en la mesilla. ¿Puedes beber solo?

–Encontraré la forma de hacerlo.

–Muy bien. Yo estaré en la habitación de al lado. Grita si necesitas algo.

Lucie se metió en la cama y miró por la ventana. La oscuridad era increíble, ni siquiera había estrellas. Entonces escuchó un ruido en el tejado y se tapó la cabeza con la sábana. No era nada, se dijo, asustada.

–Probablemente, será un ratón –murmuró, intentando que la imaginación, su mejor amiga, no le gastara una mala pasada. Pero aquella imaginación estaba transformando el ratón en una rata de proporciones gigantescas y tuvo que hacer un esfuerzo para sacar la cabeza de entre las sábanas.

Tenía que aguzar el oído para comprobar que Will estaba bien.

Ningún sonido salía de la habitación de al lado.

De repente, escuchó una especie de gruñido diabólico. ¿Qué demonios era eso? Lucie estuvo a punto de salir corriendo para meterse en la cama con Will. Pero no podía hacer eso.

Fuera lo que fuera lo que gruñía, estaba al otro lado de la ventana, no en la habitación. No pasaba nada, se dijo.

Repitiéndose aquella frase como un mantra, por fin se quedó dormida.

Will creía que el efecto del analgésico que le habían puesto en el hospital le duraría toda la noche, pero le dolían mucho los brazos. Sobre todo, el derecho.

Mareado, se sentó en la cama y bajó las piernas, intentando mantener el equilibrio. No sabía dónde había puesto Lucie las pastillas, pero tenía analgésicos en el maletín.

Bajó a la cocina e intentó abrir el maletín con la mano izquierda. Cuando por fin lo consiguió, después de mucho esfuerzo, se percató de que el tapón era de los que hay que abrir con ambas manos. Intentó abrirlo, sin éxito, y después decidió usar los dientes. Se colocó el bote en la boca e intentó quitar el tapón con la mano izquierda.

El dolor le hizo soltar el bote inmediatamente. Imposible, no podía abrirlo.

Bruno se acercó a investigar, mirándolo con sus ojitos melancólicos.

—Hola, amiguete —sonrió Will. Hubiera deseado enterrar la cara en la cabeza del animal y ponerse a llorar.

Y entonces vio el martillo sobre el alfeizar de la ventana.

¿Qué demonios estaba haciendo Will? Lucie salió de su habitación a toda prisa. Llevaba un rato oyendo ruidos raros.

Entonces escuchó un golpe tremendo y bajó las escaleras de dos en dos.

Will estaba inclinado sobre el fregadero de la cocina.

—¿Will?

Él se volvió, pálido como un muerto.

–No puedo quitar el tapón –dijo, con los dientes apretados.

–Y, por supuesto, no se te ha ocurrido pedirme ayuda.

–No quería despertarte.

–¿Y no pensabas que esos golpes iban a despertarme? De todas formas, aquí no hay quien duerma –suspiró ella–. He oído un ratón corriendo por el tejado y luego un ruido rarísimo al otro lado de la ventana. Casi me muero del susto.

–Sería Henry.

–¿Henry?

–Es un caballo, está en el establo.

Lucie levantó los ojos al cielo.

–¿Dónde está el bote?

–Aquí.

–Estos no son los analgésicos que te ha dado el médico.

–Da igual.

–Pero si he dejado las pastillas al lado del vaso de agua...

Will cerró los ojos.

–Ya. Gracias.

–¿Tienes náuseas?

–Sí.

–Venga, te ayudaré a subir a la habitación. ¿Qué ha sido ese ruido, por cierto?

–El martillo.

–¿Y qué hacías con un martillo? ¿Ahora te vas a poner a hacer bricolaje?

Él hizo una mueca.

–Estaba intentando romper el bote, pero ni siquiera he podido sujetarlo. Se me ha caído en el fregadero.

–Vamos –dijo Lucie, tomándolo por la cintura–. Te daré las pastillas para que puedas dormir un rato.

Aquella vez, Bruno decidió meterse en la cama con ella. A Lucie no le importó, todo lo contrario. Se sentía más segura con el perro durmiendo a sus pies... aplastando sus pies en realidad.

Por fin, más relajada, se quedó dormida.

Will durmió hasta muy tarde y Lucie aprovechó para ir a buscar su coche.

Había dejado de llover y pensó que los ladrillos que había en la parte trasera del jeep le servirían de palanca, así que condujo con mucho cuidado justo por el centro de la carretera para no meterse en más líos.

Aunque le parecía un milagro, colocó los ladrillos en el agujero del infierno y consiguió sacar el coche. Aparentemente, el radiador no estaba roto. Después de comprobar que el motor funcionaba, ató una gruesa cuerda al parachoques, lo puso en punto muerto y lo arrastró hasta la casa.

Se sentía tan orgullosa de sí misma que estaba a punto de explotar.

Cuando entró en la casa para contarle a Will lo competente que era, él se había despertado y bajaba la escalera.

–¿Dónde te habías metido?

–He ido a buscar mi coche.

–¿Tú?

–Sí. He encontrado unos ladrillos en tu jeep y los he utilizado para levantar las ruedas.

–¿Ladrillos?

–Sí, ya sabes, esas cosas rojas con las que se hacen las casas. Pero, en lugar de rojos, eran amarillos.

–¿Amarillos? ¡Eran las baldosas que tenía guardadas para el suelo de la cocina! ¿Cuántas has utilizado?

Lucie se encogió de hombros, avergonzada.

–No sé. Unas cuarenta o así.

–¡Cuarenta! –exclamó Will, furioso.

–Si quieres, voy a buscarlas. Solo habrá que limpiarlas un poco. Aunque, algunas se habrán roto, claro.

Él levantó los ojos al cielo.

–Estupendo. ¿Te importaría ir a buscar mis baldosas? Pero no las guardes en mi coche si están llenas de barro.

–¿Y qué quieres que haga? ¿Que las limpie con la lengua?

–Pues no sería mala idea. Al menos, harías algo práctico con esa lengua tuya –replicó él, dándose la vuelta.

Lucie estuvo a punto de ponerse a gritar. Pero decidió no hacerlo. Después de tomar un montón de periódicos de la cocina, salió de la casa en busca de sus preciosas baldosas.

¿Cómo iba a saber que no eran simples ladrillos? Ella no era albañil. «Al menos harías algo práctico con esa lengua tuya...». Lo que había que oír.

Will llamó a Richard, su socio, y le contó lo del accidente.

—¡No me digas! ¿Cómo te encuentras? —le preguntó su amigo, preocupado—. Voy a verte ahora mismo...

—Estoy bien, de verdad. Además, Lucie está aquí.

—¿Lucie?

—Lucie Compton, la nueva interina.

—Ah, Lucie. ¿Cómo está?

Will apretó los dientes.

—Bien. Se ha apoderado de mi casa.

—Ah, me alegro. Tendrás que entrenarla para que atienda a tus pacientes... Supongo que puedes hacerlo, ¿no?

—No estoy seguro —admitió él, a regañadientes—. No puedo escribir, no puedo sujetar nada. Tengo que ir al hospital ahora mismo para que me vean otra vez.

—¿Quieres que vaya a buscarte?

Will se sintió tentado de decir que sí, pero por alguna perversa razón quería que lo llevase Lucie. ¿Para qué?, se preguntó. ¿Para que lo torturase conduciendo como un kamikaze? ¿Para que lo volviera loco con su charla y sus risas? ¿O tendría algo que ver con los vaqueros ajustados y la curva de sus pechos bajo el jersey?

Sería mejor pensar en otra cosa.

—No hace falta. Lucie me llevará.

Después de colgar, Will miró por la ventana. Podía verla en la distancia, sacando baldosas y metiéndolas en el coche. En el suyo, afortunadamente. Estaría furiosa, seguro. Y debería haber sido más amable con ella. Pero le dolían los brazos... le dolían hasta las pestañas y se sentía frustrado por no poder hacer nada.

Media hora más tarde Lucie volvió, llena de barro, y dejó las baldosas en el garaje. Parecía aún más enfadada que el día anterior y Will decidió prudentemente no decir nada.

Entonces llegó Amanda para montar a Henry, como hacía todas las mañanas. Will la vio charlar unos segundos con Lucie en el patio e inmediatamente después correr hacia la casa. Oh, no, Lucie debía haberle contado lo del accidente.

Amanda siempre estaba pendiente de él y aquello era justo lo que necesitaba para no dejarlo en paz.

–¡Will! ¿Qué te ha pasado? ¿Necesitas ayuda?

–Estoy bien, Amanda. Lucie está cuidando de mí, no te preocupes.

Will vio algo parecido a los celos en los ojos de la joven.

–Yo puedo ayudarte. Al fin y al cabo, ella es una extraña...

–La verdad es que no –la interrumpió él. La idea de que Amanda estuviera todo el día encima de él le helaba la sangre en las venas–. Estoy bien, de verdad. Puedo mover la mano izquierda, ¿ves?

Will levantó la mano y movió los dedos, escondiendo un gesto de dolor.

–Vale. Pero si necesitas algo, dímelo.

–Claro que sí.

–¿Esa chica va a quedarse en la casita? –preguntó Amanda entonces, desde la puerta.

Will se preguntó qué debía contestar. Y decidió hacer lo que le dictaba su negra conciencia.

–Pues... no. Duerme aquí, conmigo –contestó, haciéndole un guiño. Amanda salió de la casa dando un portazo.

Amanda era una chica simpática y buena. Pero a él no le gustaba nada.

Era un cerdo.

Will tenía sed y el cartón de zumo de naranja se había terminado, así que tuvo que sacar uno nuevo de la nevera.

Con unas tijeras, consiguió hacer un agujero en el cartón y después intentó llenar el vaso. Por supuesto, el zumo resbaló por el cartón y cayó sobre la repisa haciendo un charco. Esos malditos cartones pesaban demasiado, se dijo, sujetándolo con el brazo escayolado para llevárselo a la boca.

Y en esa ridícula postura lo encontró Lucie unos segundos después.

–¿No podías esperar? –le preguntó, levantando una ceja.

–Tenía sed. ¿Quieres?

Ella sacó un vaso del armario, lo llenó de agua y se lo bebió de un trago. ¿Quién le había dicho dónde estaban los vasos?, se preguntó Will. Increíble, llevaba apenas unas horas allí y ya se portaba como si la casa fuera suya.

–¿Quieres seguir bebiendo directamente del cartón o te echo un poco de zumo en un vaso?

Will se lo pensó un momento.

–Vale.

Lucie cortó bien la esquina y le sirvió un vaso de zumo con cara de pocos amigos.

–¿No tienes que ir al hospital?

–Sí.

–¿Nos vamos?

–Sí... pero es que me he manchado la camisa de zumo.

–Pues ponte un jersey encima.

Lucie lo ayudó a ponerse el jersey y después se dio la vuelta, muy digna.

–¿Vamos en tu coche?

Ella ni si quisiera se molestó en contestar.

Will entró gruñendo en aquel coche que le parecía de juguete y ahogó una exclamación cuando ella tiró de la palanca para echar el asiento hacia atrás.

–¿Está cómodo el señor?

–Casi.

Lucie metió la mitad del cuerpo dentro del coche para cerrar la puerta. Debería haberse puesto al otro lado, pensó, al notar que su pecho rozaba contra los muslos del hombre. Colorada, se echó hacia atrás, consciente de que Amanda los miraba desde el establo.

–Me parece que esa chica está colada por ti –dijo, mientras ponía el motor en marcha.

–Ya lo sé –gruñó Will–. La pobre insistía en ayudarme, así que no he tenido más remedio que... usarte a ti como coartada. Supongo que ahora te odia.

Lucie soltó una carcajada y él sonrió... bueno, no del todo, pero era casi una sonrisa.

Quizá trabajar con él no iba a ser tan horrible.

—Ya conoces a Richard —estaba diciendo Will—. Te presento a Kathy y a Simon, médicos de guardia. Verónica y Gilda, de recepción. Y ahora voy a presentarte a las enfermeras...

Lucie intentaba recordar los nombres, aunque él no se lo ponía nada fácil.

La clínica era como cualquier otra, pero había algunas diferencias. La clínica de Londres donde había hecho prácticas, por ejemplo, estaba instalada en una mansión victoriana, llena de escaleras y pasillos. Pero la de Bredford era muy moderna y, a pesar de estar en medio del campo, parecía perfectamente equipada.

En realidad, había tenido suerte de encontrar plaza como interina en aquella clínica en medio de ninguna parte.

O, al menos, esperaba haber tenido suerte.

Después de las presentaciones, Will la llevó a su consulta.

—Me quedaré contigo durante unas semanas para echarte una mano y, cuando te encuentres cómoda, te dejaré sola. ¿De acuerdo?

Estupendo. Iba a trabajar con público. Y había pensado que conducir el jeep era difícil.

Su primera paciente era una chica de quince

años, cuya madre la había llevado porque «no le pasa nada, pero a mí no me cree». Así se presentó.

Lucie y Will intercambiaron una mirada.

—Hola, Clare —la saludó Lucie, mirando el informe.

—Hola —dijo la chica, tosiendo convulsivamente.

—¿Qué te pasa?

—No le pasa nada —intervino su madre—. Debería haber ido al colegio, pero dice que no puede. Y ahora tiene los exámenes finales...

—¿Qué te pasa, Clare? —la interrumpió Lucie.

—Que toso mucho.

—No come nada —siguió la madre—. Se va a morir de hambre... yo creo que tiene anorexia y usa lo de la tos para no probar bocado. Pero si le receta unos antibióticos, se le pasará la tontería. Dígaselo usted, doctor Ryan.

Will sonrió.

—La doctora Compton es perfectamente capaz de hacer el diagnóstico, no se preocupe, señora Reid. Vamos a ver qué dice ella.

Lucie se sintió como una larva bajo un microscopio. Aquello había sonado como un reto. Iba a decir que no podían recetar antibióticos como si fueran aspirinas cuando Clare empezó a toser de nuevo. Era un tos con flemas.

—Ahí está la respuesta. Flemas. Tiene una infección en el pecho. No es anorexia, es un resfriado, así que necesita antibióticos.

La señora Reid la miró, escéptica.

—Creí que no les gustaba recetar antibióticos.

–Solo cuando es realmente necesario –sonrió Lucie–. Y con esa tos, es necesario, se lo aseguro. Clare, tienes que tomarte toda la caja, beber muchos líquidos y descansar. Y después, a clase. ¿Terminas el instituto este año?

–El año que viene –contestó la chica–. Pero tengo que sacar buenas notas porque, si no, mi padre me mata. Es profesor.

–Ah, ya entiendo –suspiró Lucie–. Mi padre también. Solía mirarme por encima de sus gafas, diciendo: «Este año no has sacado ningún sobresaliente». Y eso que yo estudiaba como una loca.

–Seguro que ahora está muy orgulloso de usted. Yo también quiero ser médico, pero no sé si soy suficientemente lista.

–Hay muchas cosas que hacer en el campo de la medicina. Eso ya lo verás más adelante cuando...

Will se aclaró la garganta. Estaba mirando el reloj de la pared y Lucie recordó que no podía ponerse a charlar con los pacientes. Después de hacer un par de anotaciones en el informe, escribió la receta y las despidió amablemente.

Y luego esperó la charla.

Pero Will no dijo nada.

–¿No vas a criticarme?

Él sonrió de oreja a oreja.

–Sí, pero más tarde. Tu próximo paciente ya ha tenido que esperar bastante.

Lucie tuvo que aguantar las ganas de pegarle un puñetazo.

CAPÍTULO 3

ERA LA hora del almuerzo. Además de Clare, Lucie había visto veinte pacientes más aquella mañana.

Por la tarde, tenía que hacer visitas a domicilio y, como no conocía la zona, Will tuvo que ir con ella.

Y como estaba ocupado dándole instrucciones para que no se perdiera por esas carreteras de Dios, no podía darle la lata diciendo: «Por qué no has hecho esto o lo otro con este paciente...». Lo cual era un alivio. Era su primer día y se sentía muy insegura.

La verdad era que todo había ido bastante bien, aunque había pillado a Will levantando los ojos al cielo un par de veces. Y otras, mirando el reloj. Si hubiera podido escribir, seguro que habría anotado cada uno de sus traspiés.

Pero no podía escribir.

—Toma ese camino hasta el final —le estaba diciendo en ese momento—. Es la última casa, la de color blanco.

Había dos casas al final. Y las dos blancas. Por supuesto, Lucie aparcó frente a la casa que no era y no pudo evitar una carcajada cuando vio que Will levantaba los ojos al cielo.

Irritado, fue a pasarse una mano por el pelo, pero se le olvidó que llevaba la escayola y se golpeó la frente con ella.

Lucie tuvo que contenerse para no soltar otra carcajada.

—Deberías llevar el brazo en cabestrillo.

—No me gusta. Me hace daño en el cuello.

—Pero se te va a hinchar la mano...

—Me da igual.

—¿Te da igual? Todo por no ponerte algún tipo de sujeción...

—Lucie, es mi brazo. Si no quiero llevarlo en cabestrillo, no voy a llevarlo en cabestrillo. ¡Y no pienso dejar que una simple interina a la que estoy entrenando me dé la paliza!

—No soy una simple interina. Soy médico, igual que tú. Y lo que no entiendo es cómo te han dado a ti el puesto de médico instructor. Eres condescendiente, inflexible y criticón.

—No he dicho una palabra...

—¡Pero estás a punto!

Él apoyó la cabeza en el respaldo y la estudió cuidadosamente.

—¿Qué crees que has hecho mal esta mañana?

—¿Además de respirar? —replicó ella—. Me he pasado de tiempo con los pacientes.

—¿Qué más?

—Nada —contestó Lucie, a la defensiva.

—Yo habría pedido un análisis de las flemas de Clare para estar seguro de que recetaba el antibiótico adecuado.

Tenía razón, tuvo que admitir Lucie. Y lo habría hecho si no la hubiera puesto nerviosa tosiendo y mirando el reloj. Podría llamar a la enfermera y pedirle que...

—He llamado yo para pedir que le hicieran el análisis —siguió Will, como si hubiera leído sus pensamientos—. La familia Reid vive muy cerca de la clínica. ¿Qué más?

Lucie se tragó la indignación y repasó la lista de pacientes.

—El hombre con la indigestión...

—El señor Gregory.

—¿Es obeso?

—Tiene un problema de peso. Su masa corporal es de 29.4, pero está intentando perder diez kilos. Seguramente por eso tiene una indigestión. Con las dietas y el cambio de hábitos alimenticios, suele pasar.

—Pues me hubiera gustado saber eso antes de la consulta. ¡Yo pensé que podría ser una angina de pecho y resulta que come demasiados pepinos!

Will apartó la mirada.

—Tienes razón. Es que he tomado tantos analgésicos que no puedo concentrarme.

Lucie se quedó boquiabierta. ¿Una disculpa? ¿Will Ryan se estaba disculpando? Increíble.

—Ya que estás, podrías disculparte por lo que me has dicho sobre limpiar las baldosas con la lengua —dijo ella, aprovechando la oportunidad.

Will sonrió. Una sonrisa muy peligrosa.

—De eso nada —dijo, abriendo la puerta—. Sal del coche o llegaremos tarde.

—¿Vas a contarme algo sobre este paciente o tengo que ir a ciegas?

—Tiene cincuenta y cinco años, ha sufrido un infarto y está en la lista de espera para un marcapasos, pero se niega a hacer dieta o ejercicio de ningún tipo. Yo lo examinaré si quieres.

—Pensé que yo iba a encargarme de tus pacientes.

—De este, no. Su mujer es encantadora y necesita mucho apoyo moral.

—¿Y yo no puedo dárselo?

—Yo la conozco hace años —replicó Will.

—No tantos. ¿Cuántos años tienes?

Él sonrió.

—Llevo seis años trabajando aquí. Pam y yo hemos pasado juntos la menopausia y la conozco muy bien. Confía en mí.

Lucie hizo una mueca muy poco femenina mientras salía del coche.

Una mujer los esperaba en la puerta de la casa, sonriendo.

—Hola, Pam —la saludó Will—. ¿Cómo va todo?

—¿Qué te ha pasado? Un brazo escayolado y el otro con una venda... ¿Qué has estado haciendo?

Will le contó la historia y le presentó a Lucie.

—Menos mal que apareció. Aunque, en realidad, si ella no hubiera tenido que venir, yo no habría estado subido a una escalera y todo esto no me habría pasado. Así que, en realidad, es culpa suya.

—Sí, claro, échame a mí la culpa —rio Lucie—.

Además, si no recuerdo mal, estabas rescatando a tu gata.

—Lucie está aquí haciendo el trabajo físico por mí —explicó él, cortando la discusión—. Es nuestra nueva interina.

—¿Ah, sí? Pobrecilla —sonrió Pam—. Will es un negrero. El último interino salió corriendo.

—Porque era un inútil. Y no te metas conmigo, Pam. Lucie piensa que tengo una escoba guardada en el garaje.

—No, en el garaje tienes un tanque —replicó ella.

—Es un coche estupendo.

—Es enorme.

—Pues vamos a usarlo mañana. En tu coche no me caben las piernas.

—Pobrecito, qué pena.

Pam los miró con curiosidad.

—Bienvenida a Bredford, Lucie.

—Gracias —sonrió ella, reconfortada al saber que tenía a alguien de su lado.

Su paciente estaba sentado en un sillón, con el periódico en el regazo y una taza de café sobre la mesa.

—Hola, Dick —lo saludó Will—. Disculpa que no te dé la mano, pero es que las tengo hechas polvo. Te presento a nuestra nueva interina, Lucie Compton.

—Encantada.

—Lo mismo digo —sonrió el hombre.

Lucie sacó el estetoscopio del maletín y lo puso sobre el corazón de su paciente. Los latidos eran muy irregulares, pero sonaba con claridad. Claro que, sin un electrocardiograma, no podía decir mucho más.

—¿Qué tal estás? —le preguntó Will, mientras ella le tomaba la tensión.

—Bastante bien —contestó Dick.

—Le duele el pecho —intervino su mujer.

—¿Cuando andas o cuando estás sentado?

—Por la noche. Cuando estoy en la cama.

—¿Y durante el día?

Dick se encogió de hombros.

—Algunas veces.

—¿Estás tomando las pastillas que te mandé?

—Sí.

—No —dijo Pam.

—¿No las toma? —preguntó Will.

—No todos los días. A menos que yo insista.

—Y lo hace todo el tiempo —suspiró su marido—. Mira, no sé, Will, yo creo en el destino. Si me toca morirme, me moriré. No voy a estar todo el día tomando pastillas y haciendo dieta. Es como el chiste ese del médico que le dice a su paciente que no salga con mujeres, no beba y no coma carne. El paciente le dice: ¿y para qué quiero vivir entonces?

Will sonrió.

—Yo nunca te diría que dejaras de salir con mujeres porque Pam es estupenda. Pero sobre la bebida y la comida tienes que ser muy serio, Dick. Si vas a ponerte un marcapasos, tienes que estar en forma.

—Ya, claro. Vas a decirme que no beba, que

coma solo cosas verdes y que dé un paseo diario de cinco kilómetros, ¿no?

—Algo así. Y nada de café. Descafeinado a partir de ahora.

Lucie le estaba tomando la tensión y tuvo que sonreír al ver la expresión de su paciente.

—¿Descafeinado? Prefiero morirme.

—Pues toma zumo de fruta o té sin teína.

—Té sin teína... —murmuró Dick, con cara de asco.

—Y sin azúcar. Estoy intentando que vivas muchos años, amigo —insistió Will—. ¿Ya te han dado fecha para el marcapasos?

En los ojos del hombre apareció un brillo que a Lucie le pareció de miedo.

—Aún no. Se me ha olvidado pedirla.

—Un paciente al que traté hace unos meses era como usted —intervino Lucie entonces—. Decía que no merecía la pena vivir. Pero después de que le pusieran el marcapasos se encontraba tan bien que se retiró, empezó a jugar al golf y ha perdido quince kilos. El otro día me escribió para decirme que estaba encantado y que su mujer y él lo pasaban de maravilla.

Dick la miró, inseguro.

—¿De verdad se encuentra tan bien?

—Sí. Me mandó una foto y tiene una pinta estupenda. ¿Por qué no prueba, Dick? Hacer cambios no es tan malo —sonrió Lucie, cerrando el maletín.

—No te estamos diciendo lo mismo por coincidencia. Date una oportunidad, hombre.

–Lo sé, lo sé, tenéis razón –murmuró Dick, bajando la mirada.

–Pam, a ver si un día me enseñas los geranios. No entiendo cómo a ti no se te mueren en invierno –dijo Will entonces.

Aquello sí que era increíble, pensó Lucie, estupefacta. Le gustaba la jardinería.

–He guardado unas raíces para ti. Ven al invernadero –sonrió Pam.

–Eres un ángel.

–Yo esperaré aquí –dijo Lucie.

Dick la miró entonces.

–Dímelo sin rodeos. ¿Después de la operación duele mucho?

–Mucho –contestó ella, con sinceridad–. Pero menos que otro infarto. Lo peor son las costillas, pero le pondrán un analgésico en vena y eso ayuda mucho. Mire, todos los pacientes que llevan un marcapasos se olvidan de la operación unas semanas más tarde. Eso no es lo importante.

El hombre asintió, nervioso.

–Es que me da miedo –le confesó–. No puedo decírselo a Pam, pero es que no puedo soportar el dolor. Mi mujer quiere que me lo haga en una clínica privada porque es más rápido, pero yo no quiero. Y eso que tenemos un seguro médico muy bueno. Supongo que quiero esperar a ver si me muero y no tengo que pasar por eso. ¿Le parece raro?

Lucie negó con la cabeza.

–Es normal. A la mayoría de la gente le da más

miedo el dolor que la muerte. Pero no hay garantía de que muera de otro infarto y sí de que, si lo tuviera, sería muy difícil ponerle un marcapasos. Lo mejor es que vaya al cardiólogo.

–Es que... no puedo.

–Tiene que hacerlo, Dick. Podrían hacerle un electrocardiograma para ver exactamente qué arterias son las que están obstruidas.

–Eso ya me lo han hecho. Pero no he ido a buscar los resultados.

–Pues hágalo. Quizá podrían hacerle una angioplastia, en lugar de ponerle un marcapasos. Ya sabe lo que es, le instalan un catéter inflable en las válvulas del corazón. Es una intervención mucho menos dolorosa. Pero hasta que no vaya a buscar los resultados, no sabrá si eso sería bueno para usted.

Dick asintió.

–Tiene razón. Gracias.

–De nada. Si tiene un ordenador, en Internet puede enterarse de cómo se realizan esas operaciones –sonrió Lucie, levantándose–. Y espero que esta vez vaya a hablar con el cardiólogo. Tengan que ponerle un marcapasos o no, su vida será mejor. Piense en los años que ha trabajado para tirarlo ahora todo por la borda cuando podría estar disfrutando de la vida –añadió, mirando su reloj–. He de irme. Tengo un montón de pacientes que visitar. Es mi primer día.

–Y Will con los brazos rotos, ¿eh? Aun así, es tan simpático como siempre. Cualquier otro, estaría gruñendo.

Lucie casi se atragantó, pero no dijo nada. ¿Simpático? En ese momento, aparecieron Will y Pam.

Él llevaba dos pequeños tiestos sujetos con la escayola y Lucie tuvo que disimular la risa.

—¿Aprovechándote de los pacientes? —bromeó, mientras se dirigían al coche.

—Lo de los tiestos era una coartada. Pam quería hablarme de su marido sin que él lo oyera. No quiere ir al cardiólogo.

—Me ha dicho que va a ir —dijo Lucie—. Acabo de convencerlo... bueno, creo que acabo de convencerlo. La única razón para no ir al cardiólogo es que tiene miedo al dolor. El pobre esperaba morirse para no tener que sufrir la operación, pero le he hablado de la angioplastia.

Will la miró, sorprendido.

—¿Tú crees que lo has convencido?

—Casi seguro.

—Buena chica —sonrió él—. Una pena que no pueda operarse en una clínica privada. Sería más rápido, aunque me da rabia decirlo. Pero mejor no hablamos de ello.

—No, claro, no sea que estemos de acuerdo. Además, da igual. Dick tiene un seguro médico privado.

Cuando Will intentaba entrar en el coche se le cayó uno de los tiestos, regando el asiento de tierra.

—No te atrevas a meter las baldosas sucias en mi coche —dijo ella entonces, irónica.

—Lo siento.

–Yo no. Eres tú quien va a sentarse encima –rio Lucie.

Mirándola con cara de pocos amigos, Will empezó a limpiar la tierra con la mano izquierda, pero el dolor lo hizo parar.

–Maldita sea...

–Estoy empezando a pensar que si vas a seguir sacándole tiestos a los pacientes, es mejor llevar el jeep.

Will entró en el coche con los dientes apretados. Lucie le puso el cinturón de seguridad y él no se molestó en darle las gracias. Por supuesto.

Cuando rozó su muslo con la mano, se puso un poco tenso. Interesante.

–¿Cuándo tienes que volver al hospital?

–Mañana –contestó Will, sin mirarla–. ¿Dónde vamos ahora?

Lucie tenía razón. Debía ponerse un cabestrillo. Con tanto movimiento, el brazo le dolía cada vez más.

Ella era más que capaz de llevar la consulta sola y, al final, Will llamó a un taxi para que lo llevara al hospital.

Cuando volvió a casa, con el brazo sujeto por un buen cabestrillo de plástico, saludó a Bruno intentando que no le saltara encima.

–No, no Bruno... no te subas encima.

Afortunadamente, el perro pareció entender.

Y también consiguió sacar el bote de analgésicos del bolsillo. Asombroso. Incluso pudo quitar la tapa. Aquel debía ser su día de suerte. Will tomó dos pastillas, dejó el bote sobre la mesa y se tumbó en el sofá, con Bruno a sus pies. Se echaría una cabezadita...

—Hola, Lucie. ¿Cómo estás?

Ella levantó la cabeza y sonrió al ver a Richard Brayne, el socio de Will.

—Bien, pero no sé dónde está Will. ¿Lo has visto?

—Fue al hospital y después se marchó a casa, creo —sonrió Richard, poniendo una taza de té frente a ella—. Debes hacerlo muy bien para que te haya dejado sola.

—O le duele tanto el brazo que no podía soportarlo. Más bien será eso —sonrió Lucie—. ¿No estará... o más bien estaremos de guardia esta noche?

—No. Has tenido suerte. Simon se encarga del turno de noche porque yo tengo una familia y Will tiene mucho trabajo en la granja.

—¿Qué hace en la granja?

—Pues... no sé, arregla vallas, pone maderas en el establo, arregla la casita en la que duermen los interinos. Siempre está ocupado. Ahora mismo, está cambiando el suelo, me parece.

Lucie respiró, aliviada. Por un momento, había pensado que habría docenas de ovejas muertas de hambre... ovejas que ella tendría que alimentar. No le importaban Bruno y Minnie. Incluso se había acostumbrado al piafar de Henry, pero las ovejas habrían sido demasiado.

Era una pena que Will, que tanto trabajaba en la granja, no se hubiera dedicado a asfaltar el camino, pensó mientras volvía a casa.

Cuando entró, lo encontró tumbado en el sofá. Bruno la recibió moviendo la cola y Lucie acarició su cabezota antes de acercarse al «bello durmiente».

Aquella vez parecía curiosamente vulnerable. Le habían puesto un cabestrillo, aunque él había sacado el brazo y lo tenía apoyado sobre una bolsa de hielo. Obviamente, en el hospital le habían echado una bronca.

O quizá el dolor le había hecho recuperar el sentido común. Fuera lo que fuera, estaba haciendo lo que debería haber hecho desde el primer día.

Lucie fue a la cocina y le dio la comida a Bruno y Minnie. Pero ella también estaba muerta de hambre.

En la nevera encontró carne picada y un frasco de salsa boloñesa. En la alacena, una bolsa de pasta.

Estupendo, solo tenía que mezclarlo todo.

Quince minutos después fue a despertar a Will.

—La cena está lista —anunció.

Él se incorporó un poco y la miró con ojos turbios.

—¿La cena?

—He hecho pasta con carne y salsa boloñesa.

—Qué asco —murmuró Will, dejándose caer de nuevo en el sofá—. Gracias, pero es lo último que me apetece ahora mismo.

Lucie lo miró, atónita.

–¿Ah, sí? Pues muy bien.

Un segundo después echaba la pasta en el plato de Bruno y el animal, agradecido, se la comió de un lametón.

Will apareció en la puerta en ese momento.

–¿Qué has hecho?

–Has dicho que no lo querías.

–He dicho que no me apetecía en este momento. ¡Eso no significa que no fuera a comérmelo!

Mirándola como si quisiera fulminarla, Will se dio la vuelta y entró en el cuarto de estar dando un portazo.

Lucie hizo una mueca. Quizá se había pasado. Miró su plato, pensando que podría ofrecérselo... o comérselo tranquilamente y así él pensaría un poco antes de hablar. Si era tan considerado con sus pacientes, ¿por qué no lo era con ella?

Se lo comería todo. Sin dejar nada en el plato. Pero casi se atragantó.

Will estaba muerto de hambre. Solo el orgullo le impedía ir a la cocina para hacerse algo de cena. El orgullo y que Lucie estaba allí, con la radio puesta, canturreando y charlando con Bruno, que se había convertido en su esclavo.

–Traidor –murmuró, apagando la televisión. No podía concentrarse por culpa del ruido que ella hacía en la cocina. Por fin, irritado, abrió la puerta–. ¿Podrías bajar un poco esa maldita radio? –le gritó antes de volver a cerrar de golpe.

Se hizo tanto daño en la mano que tuvo que volver al sofá apretando los dientes.

–Perdón –escuchó la voz de Lucie desde la cocina.

Pero entonces apagó la radio y se puso a cantar y eso era mucho peor, porque tenía una voz ronca, preciosa, una voz que despertaba su libido.

Will volvió a poner la televisión, en defensa propia, y se obligó a concentrarse en los hábitos sexuales de una araña australiana. Emocionante no era y por fin decidió irse a dormir. Estuvo leyendo en la cama hasta que oyó a Lucie entrar en su dormitorio.

Furtivo en su propia casa, bajó a la cocina y cortó un trozo de pan. Después, sacó el queso de la nevera y se sirvió un vaso de leche. Menuda cena, pensó.

Con la bandeja en la mano, subió la escalera preguntándose dónde estaba Bruno. La puerta del dormitorio de Lucie estaba entreabierta y lo vio sobre su cama, con un ojo abierto y moviendo la cola como pidiéndole disculpas por la deserción.

Lucie estaba encogida por culpa del perrazo y él sonrió, encantado. Se lo merecía. Si hubiera justicia en el mundo, Bruno se haría pis en la cama. Además, en aquella postura seguro que por la mañana se levantaría con tortícolis.

Will suspiró. Aquella chica despertaba lo peor

de él. Pero estaba acostumbrado al silencio, a la tranquilidad...

Por supuesto, no era culpa suya estar allí. Cuanto antes le llevaran el colchón y la moqueta, antes se marcharía y lo dejaría en paz.

Llamaría a la tienda por la mañana. A primera hora...

CAPÍTULO 4

¿CÓMO que no puede hasta la semana que viene?

—Lo siento, pero ahora mismo tenemos mucho trabajo. Ya sabe, cuando llega la primavera...

Lo único que Will sabía era que le quedaba otra semana por delante teniendo que soportar la presencia de Lucie en su casa.

—Pero si es una habitación muy pequeña.

—Eso es lo que dicen todos –rio el vendedor–. Lo antes posible sería el miércoles que viene, lo siento.

—¡Pero necesito esa moqueta! –exclamó Will, bajando la voz en cuanto notó que estaba perdiendo los nervios–. La necesito de verdad. ¿No podrían venir el viernes? Le pagaría algo más...

—Ni aunque nos pagara el doble –dijo el hombre, implacable–. Si tanta prisa tiene, le sugiero que compre la moqueta y la instale usted mismo.

—Muy bien. Lo haré –dijo Will. Si tuviera brazos, claro.

Poco después, Lucie entraba en la consulta con dos tazas de café en la mano.

—¿Has tenido suerte?

Will la habría estrangulado. Si tuviera brazos, claro. Pero como no los tenía, decidió ponerse digno.

–No, pero hay otras empresas –murmuró–. ¿Esta es la lista de pacientes de hoy?

–No, la de mañana. He pensado que podríamos adelantar un poco de trabajo.

–Qué graciosa –gruñó él.

Qué mujer tan irritante, pensó al verla sonreír. Pero inmediatamente apartó la mirada de sus labios. Tenía que concentrarse...

Will parecía estar recuperándose, pensó Lucie unas horas más tarde. Estaba cada vez más gruñón, seguramente por el dolor, pero también porque, pasada la conmoción de la caída, lo irritaba no poder hacer nada. Era un hombre muy activo y la inmovilidad no le sentaba nada bien.

Y también lo irritaba no poder conducir y que ella se negara a usar el jeep.

–No me gusta ese tanque. O llevamos mi coche o vamos en taxi. Y pagas tú.

No era justo, tenía que reconocer Lucie. Pero le resultaba más fácil conducir su coche y, además, era una cuestión de principios.

Así que él tuvo que hacerse una bola para entrar en el coche, como un camello para entrar por el ojo de una aguja, y permaneció en silencio durante todo el camino.

Después de la última visita, salió cojeando y Lucie se sintió culpable.

—¿Te encuentras bien?

Él le lanzó una mirada que hubiera fulminado una piedra de cien kilos.

—Estupendamente.

—Solo era una pregunta.

—Pues no te molestes. Me duele todo.

—¿Has tomado los analgésicos?

Él volvió a mirarla como si quisiera dejarla reducida a cenizas.

Qué hombre, por Dios.

Volvieron a la clínica y, como aquella tarde tenían consulta de ginecología y la comadrona estaba allí para ayudarla, Will se metió en otro despacho.

—Voy a ver si consigo esa maldita moqueta.

Lucie se apiadó del pobre vendedor que tuviera que escucharlo.

Pero cuando Ángela Brown, futura madre de trillizos, entró en la consulta, se animó. Le gustaba la consulta de obstetricia y ginecología. Siempre le había gustado, sobre todo porque era una rama de la medicina en la que prácticamente todos los pacientes estaban bien. Después de escuchar el corazón de los trillizos, habló con la comadrona sobre los detalles del parto.

Las dos decidieron que lo mejor sería una cesárea y que los niños deberían nacer en el hospital. Aunque era lo mejor para la madre, a Lucie le apenaba no poder atender ella misma el parto.

—Me imagino que estarás deseando que nazcan, ¿no, Ángela?

–La verdad es que no lo sé –le confesó la joven–. No sé cómo voy a cuidar de tres niños a la vez. Mi madre ha dicho que me ayudaría, pero va a ser muy difícil. No habíamos planeado tener trillizos y la verdad es que tampoco tenemos dinero para contratar a una niñera.

¿Trillizos en un hogar sin mucho dinero? Menudo problema.

Cuando terminó con las pacientes, Lucie fue a buscar a Will con una taza de té en la mano. Él levantó la cabeza y le ofreció algo parecido a una sonrisa. Quizá sus músculos faciales tenían un presupuesto reducido, como Ángela Brown, pensó disimulando una risita.

–¿Has conseguido la moqueta?

–Más o menos –contestó él–. Tendré que pagar un dineral, pero la ponen el lunes. ¡Por fin!

–Entonces, solo tendremos que soportarnos durante el fin de semana, ¿no?

Él masculló algo inaudible y Lucie sonrió. La divertía aquel ogro. En el fondo, sabía que no lo era. Solo que no estaba acostumbrado a compartir su vida con nadie.

–¿Y el colchón?

–También lo llevan el lunes. Les dejaré la llave bajo el felpudo para que puedan entrar. No creo que haya peligro. Por la carretera de mi casa no pasa nadie, a menos que sea un turista ocasional, perdido en su camino hacia el ferry.

–Yo nunca he visto el ferry. ¿Qué días funciona?

–No hay ningún ferry. Es así como llamamos al

muelle. Hace años había un ferry, pero después construyeron un puente.

–Ah.

Ese fue el final de la conversación sobre temas personales. Por la expresión de Will, no tenía intención de seguir charlando.

–¿Qué tal la consulta?

–He visto a Ángela Brown. Está preocupada por los trillizos

–No me extraña. Su marido es muy impaciente y no sé cómo va a soportar tres críos. Ni siquiera quería que Ángela se quedase embarazada.

Lucie lo miró, sorprendida.

–No me lo ha dicho. ¿Tú crees que sobrevivirán?

–¿Los gemelos o los Brown?

–Los cuatro. Los niños son más pequeños de lo normal.

–Suele pasar, especialmente al final de un embarazo tan complicado. Pero imagino que si el parto va bien, saldrán adelante. Uno se acostumbra a todo –dijo Will, echándose hacia atrás en la silla–. Bueno, si has terminado con la consulta, supongo que podemos irnos a casa.

–¿No hay consulta esta tarde?

–Los martes no.

–Entonces, podemos irnos. ¿Vas a ir al hospital?

Él levantó el brazo y Lucie se fijó que llevaba una escayola nueva, más flexible.

–¡Ah! ¡Ya has ido!

–Fui mientras pasabas consulta.

—Qué bien.

—Me llevó una de las enfermeras, que está loca por mí.

Lucie hizo una mueca. Dudaba que alguien estuviera loca por aquel ogro.

—¿Nos vamos?

—Venga.

Will volvió a hacer un gesto de dolor al golpearse la cabeza con el techo del coche. Ella ignoró la retahíla de maldiciones y lo ayudó a abrocharse el cinturón de seguridad.

—La verdad es que eres un poco grande.

—Ah, por fin te das cuenta —murmuró él, irritado.

Lucie hizo como si no hubiera oído. No pensaba decirle que había decidido usar el jeep a partir del día siguiente. Que se jorobara.

—¿Quieres que paremos en el supermercado para comprar la cena? No hay nada en la nevera.

—Podemos comprar comida congelada para que no tengas que cocinar.

Lucie lo miró de reojo. ¿Se sentía culpable por haber rechazado la cena de la noche anterior o era una forma de decirle que no pensaba probar nada que ella hubiera cocinado?

En realidad, le daba igual. A ella no le gustaba cocinar. En alguna ocasión especial, quizá, pero cocinar todos los días era un aburrimiento mortal.

La comida congelada era un asco, pensó Will, dándole vueltas a una bola de pasta enterrada en salsa de color rojo anaranjado. Y no olía tan bien como la salsa boloñesa que Lucie había preparado el día anterior.

La que le había dado a Bruno.

–¿No te gusta? –preguntó Lucie.

–No tengo hambre –mintió él–. Me haré un bocadillo más tarde.

–¿Quieres un bocadillo de jamón?

El estómago de Will empezó a protestar.

–¿Y por qué ibas a hacerme un bocadillo?

Lucie echó la pasta en el plato de Bruno, que lo agradeció moviendo la cola trescientos sesenta grados, y abrió la nevera.

–Porque voy a hacerme uno para mí. A mí tampoco me gusta la comida congelada, sabe fatal. Además, te necesito vivo si quiero terminar mis prácticas.

–Un bocadillo de jamón suena bien –dijo Will, entre dientes–. Gracias.

–De nada –sonrió Lucie.

–Mientras lo preparas, voy a cambiarme de ropa.

En su dormitorio, Will empezó a luchar contra el cinturón y la cremallera de los pantalones, pero después de unos minutos y alguna ayuda con el picaporte de la puerta consiguió quitárselos. Él era un hombre de recursos, dispuesto a sobrevivir como fuera.

Lo que hubiera deseado en ese momento más que nada en el mundo era un largo baño caliente para relajar los doloridos músculos, pero no podía hacerlo sin ayuda... ¡Y no pensaba pedirle a Lucie

Compton que lo ayudara a meterse desnudo en la bañera!

Quizá debería pedírselo a Amanda, pensó, con una sonrisa perversa. La idea era aterradora. Probablemente, Amanda lo frotaría con un guante de crin por todas partes para reestablecer la circulación.

Will bajó a la cocina justo cuando Lucie estaba colocando los bocadillos sobre la mesa.

—Ahí lo tienes. Un buen bocadillo de jamón.

Él se preguntó dónde estaban las cinco porciones diarias de fruta y verdura, pero no era el momento de preocuparse por eso. Más tarde se comería una manzana. Hubiera preferido una naranja, pero no podía pelarla.

—Gracias.

—En cuanto a la limpieza...

—Ahí está la lavadora.

—No me refiero a la ropa. Me refiero a ti.

—¿A mí? —repitió Will, casi atragantándose con el bocadillo.

—Supongo que te gustaría darte un baño caliente. ¿Quieres que te envuelva la escayola en papel de plástico?

—¿Huelo mal? —preguntó él.

—No, tonto. Imagino que querrás darte un baño para relajar los músculos. Pero, claro, a lo mejor prefieres que venga Amanda a ayudarte...

—No, gracias —la interrumpió Will—. Puedo hacerlo solo. No necesito que nadie me frote la espalda.

—No pensaba ofrecerme. Pero si no puedes salir

solo de la bañera, grita. No creo que tengas nada
que yo no haya visto.

Excepto un cuerpo que, incluso en la adversi-
dad, parecía traicionarlo cada vez que la maldita
Lucie sonreía, pensó Will.

–Gracias. Quizá más tarde –murmuró, mirando
el bocadillo.

Pero sabía muy bien que iba a aceptar su oferta.
Solo esperaba no quedarse atascado en la bañera
porque las consecuencias eran impensables.

La imaginación de Lucie estaba jugándole una
mala pasada. Will llevaba horas en la bañera y
ella estaba en la cama escuchando sus gruñidos.
Afortunadamente, no había cerrado la puerta. Ni
siquiera Will Ryan era tan autodestructivo.

–¿Estás bien? –le preguntó.

–Sí –gritó él–. Gracias.

Lucie sonrió. Will no podía soportar tener que
pedirle ayuda. Pero no sabía por qué. A ella no le
importaba nada echar una mano... siempre que se
portara con educación.

Mientras esperaba, decidió echar un vistazo al
resto de la casa. Al final del pasillo, había algunas
puertas cerradas que la intrigaban...

–¿Puedo echar un vistazo por la casa? –preguntó, frente a la puerta del baño. Lucie escuchó
un chapoteo y algo que no pudo entender. Mejor.

–Sí. Pero en el desván no hay luz, así que toma
una linterna de la cocina. Y cuidado con los agujeros.

¿Agujeros?

Cuando entró en el desván, cubierto de telarañas, Lucie sintió un escalofrío. El tejado había sido reparado, pero el suelo estaba levantado en muchos sitios, seguramente a causa de la humedad, así que lo de los agujeros era cierto. Más que cierto, a través de uno de ellos podía ver una habitación en el piso de abajo. Típico de Will subestimar el asunto, como cuando le dijo que la carretera «tenía algunos baches».

Podía imaginarlo diciéndole a un paciente moribundo: «no se preocupe, se le pasará enseguida».

Baches... cráteres más bien. Lucie se acercó a una de las ventanas desde la que podía verse el río, que parecía de plata a la luz de la luna.

Imaginaba que, una vez arreglada del todo, aquella habitación sería un lujo. Era lógico que Will se sintiera frustrado por la inactividad, con todo lo que tenía que hacer.

Lucie bajó de nuevo al primer piso, a la habitación que podía verse desde el desván. Era un caos. Para ser más exactos, era como un almacén, lleno de latas de pintura y tablas de madera. Pero también aquella habitación era bonita, con una chimenea de ladrillo y tres ventanas desde las que podía verse el campo. Y tenía luz... bueno, una bombilla colgando de un cable.

Unos minutos después, subió de nuevo al segundo piso y puso la oreja en la puerta del baño. No oía nada.

–¿Te encuentras bien, Will? –lo llamó. Silencio absoluto–. ¿Will?

Dios mío... ¿y si se había escurrido en la bañera mientras ella estaba abajo? Lucie volvió a llamarlo y, como no contestaba, abrió la puerta, con el corazón encogido...

Estaba dormido. Will estaba dormido en el agua, con la escayola envuelta en plástico fuera de la bañera. Incapaz de contenerse, deslizó la mirada por el cuerpo desnudo del hombre... un gesto puramente profesional para comprobar cómo iban los hematomas.

La bañera estaba llena de espuma, pero aun así podía ver ver cada centímetro del fantástico cuerpo masculino. El oscuro vello que cubría tanto el torso como las piernas subrayaba su masculinidad.

Aunque no necesitaba que nada la subrayase.

Lucie se dio la vuelta y cerró la puerta antes de llamar de nuevo.

—¿Te encuentras bien? —le gritó.

Entonces escuchó un chapoteo.

—Sí, estoy bien —contestó Will, medio dormido.

Ella se quedó un rato en la puerta, escuchando chapoteos, gruñidos y maldiciones.

Por fin, suspirando, volvió con Bruno a la seguridad de la cocina, encendió la radio e intentó no pensar en Will y en su hermoso cuerpo desnudo.

Pero no valió de nada. En la radio solo ponían canciones de amor que ella canturreaba sin dejar de pensar en su atractivo instructor.

Estaba tan guapo en la bañera, con los ojitos cerrados, desnudo, tan atractivo, tan... potente.

Era como un afrodisíaco. La imagen era tan clara que casi podría haber alargado la mano para tocar la suave piel bajo la que había unos poderosos músculos...

—Oh, no —murmuró, mientras limpiaba los platos.

Intentando concentrarse en la música, empezó a canturrear y, cuando se dio la vuelta..., se encontró con él, mirándola con expresión inescrutable desde la puerta de la cocina.

Lucie se puso colorada como un tomate.

—¿Te importa ponerme el cabestrillo?

Ella intentaba no mirarlo a los ojos. Todavía tenía la muñeca izquierda muy hinchada y sintió el absurdo deseo de darle un besito. Por supuesto, no lo hizo. Ya había hecho bastante el ridículo por el momento.

—¿Qué tal así?

—¡Ay!

—Perdón.

—No pasa nada. Es que soy un quejica.

Lucie sintió que el brazo del hombre temblaba mientras le colocaba la venda.

—¿Te quito los plásticos?

—Sí, por favor. Es que no pudo quitar el esparadrapo.

—Vale.

Ella tiró del esparadrapo y Will lanzó un grito.

—¡Cuidado con el vello!

—Mira, pues ahora sabes lo que una sufre cuando se depila —sonrió Lucie, tirando con más cuidado.

Cuando terminó, él se pasó los dedos por el brazo con cara de pocos amigos.

—La próxima vez me pondré bandas elásticas.

Lucie tuvo que darse la vuelta para esconder una risita.

—¿Té?

Will suspiró.

—Lo que realmente me apetece es un vaso de whisky, pero supongo que eso está prohibido.

—¿Desde cuándo soy yo tu madre?

—No lo eres, pero eso no impide que opines sobre todo.

—Haz lo que te dé la gana. Si quieres beberte una botella de whisky, bébetela. A mí me da igual.

—Mejor —murmuró Will, sacando un vaso del armario. Iba a ponerlo sobre la repisa cuando se golpeó el codo sin querer y el vaso acabó haciéndose añicos en el suelo.

Bruno se acercó para investigar y los dos le gritaron a la vez: «¡No!». El pobre animal casi se muere de un infarto.

—Estás descalzo —observó Lucie.

—¿No me digas?

Ella sacó la escoba y limpió los cristales con mucho cuidado.

—Ya puedes moverte.

—¿Me invitas a ese té? —suspiró Will—. Está claro que hoy no voy a tomarme un whisky.

—Aparentemente, no.

Cuando estaban tomando el té, empezó a sonar el teléfono.

—Es para ti.

Lucie lo miró, sorprendida.

—¿Dígame?

—Hola, Lucie, soy yo.

Lucie tardó un momento en reconocer la voz. Estaba tan lejos de Londres...

—Hola, Fergus.

Tras ella, escuchó el sonido de una silla. Will se retiraba al cuarto de estar, seguido de Bruno, y de repente, la cocina se quedó vacía.

Fergus decía que la echaba de menos, echaba de menos su sonrisa, echaba de menos ver la televisión con ella. Incluso echaba de menos su temperamento, le dijo.

—¿Tú me echas de menos, Lucie?

Ella se dio cuenta de que no lo echaba de menos en absoluto. Ni siquiera había vuelto a acordarse de él. Lucie dijo algo poco comprometido y Fergus pareció satisfecho, probablemente porque su ego era tan enorme que ni se le habría ocurrido pensar que no se sentía desolada sin él.

—Había pensado ir a verte este fin de semana.

—Pues... no, mira, yo había pensado ir a Londres. Te llamaré cuando llegue.

—Muy bien. Comeremos juntos.

—Vale. Tengo que colgar, Fergus, se me está enfriando el té.

Después de colgar, Lucie se dio cuenta de que había estado muy antipática. ¿Se le enfriaba el té? Menuda excusa.

Pobre Fergus. No quería darse por enterado.

¿Habría escuchado Will la conversación?, se

preguntó, mirando hacia el cuarto de estar. Pero daba igual. ¿O no?

Por alguna extraña razón, no le daba igual. Quería que Will tuviera una buena opinión de ella y no tenía nada que ver con el aspecto profesional y sí con un hombre con un cuerpo de pecado y peor carácter que una serpiente de cascabel.

Desde luego, estaba metida en un buen lío...

CAPÍTULO 5

WILL ESTABA molesto.
Lucie iba a marcharse a Londres el fin de semana para ver a un tal Fergus. No era asunto suyo, por supuesto, pero lo molestaba de todas formas.

Pam acababa de llamar para decir que Dick había ido al cardiólogo y este le había recomendado una angioplastia. El electrocardiograma mostraba que era un buen candidato para ese tipo de intervención y no necesitaba un marcapasos.

Profesionalmente, se sentía contento por Dick. Pero personalmente, después de haber insistido docenas de veces, lo irritaba que hubiera sido Lucie quien lo había convencido.

Will se dijo a sí mismo que estaba portándose como un crío, pero aquella chica empezaba a afectarlo. Y lo afectaba en todos los sentidos, manteniéndolo despierto por las noches e invadiendo sus sueños de tal forma que por la mañana, cuando se despertaba y recordaba lo que había soñado, su presión sanguínea se ponía por las nubes.

Era absurdo; Lucie lo ponía de los nervios, pero había algo en ella que lo hacía sentir... agitado. Y lo hacía desear cosas que no podía tener.

Como ella, por ejemplo.

Will se obligó a sí mismo a concentrarse en el paciente al que Lucie estaba atendiendo, pasándose de tiempo como siempre, siendo muy simpática y básicamente haciendo que todo el mundo se sintiera bien a su alrededor. Todo el mundo menos él.

Y menos Clare Reid, que volvió a la consulta tosiendo más que nunca.

—No sé qué le pasa —dijo su madre—. La verdad, pensé que era algo menos importante.

Lucie comprobó sus notas, pero el informe del laboratorio sobre las flemas no había llegado todavía.

—Voy a llamar al laboratorio y esta tarde tendremos los resultados. Yo tampoco entiendo por qué ha empeorado la tos.

Clare tosió de nuevo y Lucie miró a Will, con el ceño fruncido.

—Podría ser tos ferina —dijo, pensativa.

¿Tos ferina? Quizá tenía razón, pensó él.

—Yo llamaré al laboratorio. Si no les importa, esperen fuera a que la doctora Compton termine la consulta y después podremos decirles algo.

Will fue a otro despacho para hacer la llamada.

—Sí, estábamos a punto de enviar el informe —contestaron en el laboratorio—. No es tos ferina, pero sí un virus relacionado, así que el antibiótico que le han recetado no va a hacerle efecto.

Will volvió a entrar en la consulta para informar a Lucie.

—¿Y qué hacemos? ¿Un antivírico?

Él negó con la cabeza.

—No creo. Además, supongo que ya ha pasado la fase de contagio y cualquier tratamiento sería paliativo. Yo le diría que tomara baños de vapor y se quedara en casa descansando un par de días.

—Ya. Pues si el día que vino a la consulta estaba en la fase infecciosa, vamos listos... —sonrió Lucie.

—Desde luego. Con la mala suerte que tengo, seguro que me lo ha contagiado. Y lo que necesito ahora es un sarampión para que mi felicidad sea completa.

Lucie soltó una carcajada y él pensó que era aún más guapa cuando se reía. Ojalá pudieran llevarse bien. Pero, por alguna razón, parecían incompatibles.

Will disimuló un suspiro. En realidad, era mejor. No necesitaba más complicaciones en su vida, particularmente complicaciones con las que tuviera que trabajar durante seis meses.

Además, ella estaba a punto de irse a Londres para pasar el fin de semana con un tal Fergus. Mejor. Así tendría la casa para él solo.

Estupendo.

Su apartamento era increíblemente ruidoso, pensó Lucie mientras guardaba en una caja las cosas que pensaba llevarse a Bredford.

El novio de su compañera de piso se había mudado allí, de modo que él pagaría el alquiler durante los seis meses que Lucie iba a estar fuera.

Además, siendo el novio de su amiga, dormía con ella, de modo que podría volver a su apartamento si las cosas se ponían feas.

Y quizá sería necesario si Will Ryan seguía siendo tan gruñón durante los seis meses de prácticas. Después de guardar sus cosas, llamó a Fergus para quedar.

Diez minutos después, él estaba en el portal. Había reservado mesa en uno de los restaurantes más caros y elegantes de Londres. Era una persona con muchas influencias, pensó, irónica. Aunque a ella no la influía en absoluto. Toda aquella pompa la ponía de los nervios y se encontró a sí misma pensando en el bocadillo de jamón que había compartido con Will en la cocina.

Aquella no era forma de empezar una comida con Fergus y Lucie se obligó a sí misma a concentrarse. Pero él estaba hablando de sí mismo, como siempre.

Por fin, cuando terminaron el pastel de chocolate bañado en licor de menta y servido sobre una base de mermelada de frambuesa aderezada con naranja amarga, Fergus le preguntó qué tal en Bredford.

—Bien —contestó ella, lacónica.

—Te echo de menos, Lucie.

—Ya, bueno. Hay un caballo debajo de mi habitación, un perro que se llama Bruno y una gata que se llama Minnie. Mi médico instructor se cayó de una escalera y tiene los dos brazos escayolados, así que por el momento solo puede estar conmigo y darme indicaciones.

–Pobre hombre –murmuró Fergus.

Lucie pensó en Will gruñendo, mascullando maldiciones y paseando por la cocina como un oso enjaulado. Sería mejor no decirle a Fergus que el «pobre hombre» solo tenía treinta y tres años y era guapísimo. Si lo hacía, insistiría en acompañarla para revisar la competencia y Lucie se vería obligada a asesinarlo.

Y eso sería una traición al juramento hipocrático y seguramente un problema para progresar en su carrera.

Tendría que mantener a los dos hombres apartados. No se imaginaba a Fergus en la granja, hundiéndose hasta las rodillas en los charcos con sus carísimos zapatos de ante. Además, no quería ver a Fergus en la granja. Ni fuera de la granja. No quería verlo, pero él era tan pesado...

–¿Qué tal los lugareños? ¿Saben leer y escribir? –preguntó él entonces, con una sonrisa condescendiente.

–Pues sí. Leer saben. Escribir, no sé.

–Qué graciosa eres.

Lucie hizo una mueca.

–Mira, tengo que irme...

–¿Ya? Yo había pensado que podríamos ir al teatro. Hay un musical nuevo y...

–Fergus, tengo que volver a Bredford esta tarde. Mañana estoy de guardia.

Lucie esperó que un rayo la fulminase, pero el rayo no llegó. Era mentira, al día siguiente no estaba de guardia. Pero no encontraba valor para decirle a Fergus que, sencillamente, no quería volver a verlo.

Aunque, en realidad, se lo había dicho. Muchas veces. Y él parecía sordo.

—Bueno, entonces el fin de semana que viene.

—No puedo.

—Pues iré yo a verte. Encontraremos un restaurante típico para cenar. Porque supongo que habrá restaurantes en Bredford, ¿no?

—Supongo —murmuró ella, irritada.

¿Por qué salía con aquel hombre?, se preguntó. Aunque, hasta una semana antes, nunca le había parecido tan insoportable. Qué raro.

—¿Te acompaño a casa?

—No hace falta. Tengo que comprar algunas cosas antes de irme —mintió de nuevo. Pero ya tenía la conciencia tan negra que le daba igual.

En la puerta del restaurante, Lucie se despidió con un beso en la mejilla y escapó al aire fresco... o lo que en Londres pasaba por aire fresco.

Tomó un café en su apartamento, le dejó una nota a su compañera de piso y guardó la maleta en el coche. De vuelta a Bredford.

La casa parecía vacía. Al principio, Will disfrutaba de la soledad, pero cuando bajó a la cocina le pareció demasiado silenciosa. Además, tenía que hacerse la comida él solo.

Mientras comía un plato de cereales, recordó la voz de Lucie canturreando o charlando sobre cualquier cosa.

La sensación de soledad lo hacía sentir incómodo. Will fue a la casita de invitados y abrió las ventanas para airear las habitaciones. Aunque había quitado el colchón y la moqueta mojada, seguía oliendo a humedad. Por fortuna, Pete estaba a punto de llegar para pintar el techo.

Eso lo ponía furioso. Tenía que pagar por algo que él podría haber hecho en menos de media hora. Y, además, tenía que dejar que Lucie lo llevara de acá para allá como si fuera un niño.

Lucie había dejado una maleta con sus cosas en el cuarto de estar y tuvo la tentación de echar un vistazo. No se atrevió a abrirla del todo, pero miró por encima y vio un jersey, un cinturón y... un oso de peluche.

Will sonrió... e inmediatamente dejó de sonreír. No tenía gracia. Lucie era una persona muy desordenada. Y si quería trabajar en una seria y moderna clínica, tendría que aprender a organizarse.

La poca atención que prestaba a las formalidades estaba muy bien en un artista, pero en un médico era un desastre.

Cuando salió de la casita, vio a Amanda y no le dio tiempo a esconderse.

—¡Hola, Will! ¿Qué tal estás? —lo saludó la joven.

—Mejor, gracias —contestó él, moviendo la mano izquierda como si fuera un guiñol—. ¿Ves? Ya estoy como nuevo.

—¿Necesitas algo? Si quieres puedo hacerte algo de comida, poner la lavadora...

–No, gracias, de verdad. Lucie puso la lavadora antes de irse.

–¿Se ha ido? –preguntó Amanda, esperanzada.

–Solo el fin de semana.

–Ah, bueno. Si necesitas algo, dímelo –dijo la joven, desilusionada.

–Gracias –murmuró Will, entrando en la cocina a la carrera–. Cada día está peor, Bruno. ¿Qué vamos a hacer?

Bruno movió la cola, sin entender nada, pero deseando salir a dar un paseo.

Era una tarde preciosa y Will disfrutó inmensamente, respirando con fuerza el aire fresco mientras Bruno iba de un lado a otro, investigando.

Cuando llegaron a la orilla del río, se sentó sobre una piedra, absorbiendo la gloriosa vista. El sol estaba muy alto y le daba en la cara, obligándolo a cerrar un poco los ojos. Qué paz, qué calma.

¿Qué más podía pedir un hombre?

¿Alguien con quien compartir aquello? ¿Una mujer?

–¡Bruno!

Will se levantó de golpe y tomó el camino de vuelta. Ya tenía a alguien con quien compartir aquello, alguien profundamente leal y que no exigía nada.

Profundamente leal... no del todo. El chucho había pasado toda la semana durmiendo en la cama de Lucie. Pero solo porque ella le daba comida.

Entonces se preguntó qué estaría haciendo y... quién habría dormido con ella la noche anterior.

¿Fergus?

La idea hizo que se le encogiera el estómago. Era ridículo. No era asunto suyo con quién durmiera Lucie.

Cuando volvió a la casa, se encontró a Pete sentado en el patio. Acababa de pintar el techo de la habitación y tenía que esperar un poco para dar una segunda capa.

–Te invito a un café.

–Voy enseguida –sonrió el hombre.

Will entró en la cocina y miró el fregadero lleno de platos. Lucie le había dejado unos guantes, pero para ponérselos necesitaría más paciencia de la que tendría en toda su vida. Los platos podían esperar. Ella volvería al día siguiente.

Cansada seguramente por culpa de sus... actividades con ese Fergus.

–Fergus –murmuró con desdén.

Estaba empezando a odiar a aquel hombre sin justificación alguna. Era irracional, pero la idea de que alguien tocase a Lucie lo volvía loco.

Lo cual era completamente ridículo, porque a él no le gustaba nada Lucie Compton.

¿O sí?

Hacía un día estupendo, pensó Lucie, alegre. Lo curioso era que no se había dado cuenta hasta que salió de Londres.

Bajó la ventanilla del coche y respiró profundamente el olor del campo. Era fantástico, tan limpio, tan puro.

Cuando llegaba a la casa, vio a un hombre vestido con un mono blanco sentado en el patio.

No era Will. Lucie miró alrededor y se sintió tontamente desilusionada al no encontrarlo. Cuando lo vio salir de la cocina con una lata de galletas en la mano, una sonrisa iluminó su rostro.

Will la saludó con la mano y ella salió del coche, sin dejar de sonreír.

—Hola.

—Pensé que volvías mañana –le dijo él, como si la estuviera acusando.

Probablemente tenía planeada una velada íntima con alguien, pensó Lucie.

—Ah, bueno. No te preocupes, no molestaré. Es que he tardado menos de lo que esperaba en sacar mis cosas del apartamento.

Y, por alguna razón, quería alejarse de Fergus lo antes posible. Pero eso no iba a decírselo.

—No pasa nada –dijo Will con cara de pocos amigos.

Lucie tenía la impresión de que solo estaba intentando ser educado y que si no fuera por eso la habría mandado a hacer gárgaras.

—¿Puedo guardar mis cosas en la casa? –le preguntó al hombre del mono blanco.

—Sí, pero no las ponga en la habitación. Estoy pintando.

—Entonces, las dejaré en el cuarto de estar.

Como nadie la invitó a quedarse, Lucie abrió el

maletero del coche y sacó sus cosas, mientras los dos hombres la observaban sin mover un dedo.

Will no podía moverlos, pero al menos podría haberle ofrecido una taza de té.

Y pensar que ella estaba deseando volver...

El lunes por la mañana, Lucie estudiaba varias maneras de matar a Will.

Estaba cada día más antipático. Quizá era el dolor, se dijo. Seguramente no quería seguir tomando analgésicos y lo pagaba con ella.

Cuando salían de casa, él tenía una expresión tan irritada que Lucie decidió no discutir y usar el jeep para evitar problemas. Tenía la impresión de que Will buscaba pelea y ella no tenía ganas de discutir.

En lugar de eso, condujo el jeep como si llevaran una bomba en el maletero.

Por el rabillo del ojo, lo vio mover los brazos, incómodo, y tuvo que aguantar la risa. No sabía qué hacer con ellos. Además, no pensaba sonreírle. Se estaba comportando como un monstruo y ella no tenía la culpa de nada.

El primer paciente de la mañana era el señor Gregory, el paciente obeso con problemas de indigestión.

—¿Le han hecho un electrocardiograma recientemente? —preguntó Lucie, mientras le tomaba la tensión.

—No me lo han hecho nunca —contestó el hombre.

–Pídale hora a la enfermera para pasado mañana. Y también necesito un análisis de sangre.

–¿Para qué?

–Para comprobar un par de cosas, por ejemplo si tiene *Helicobacter pylori*.

–¿El virus gastrointestinal? Lo tuvo un compañero mío.

–¿Ah, sí? Entonces, es posible que los dos se contagiaran al mismo tiempo.

–Puede ser. Trabajamos en el mismo colegio y comemos la misma bazofia en la cafetería.

–Es posible que venga de ahí, pero habrá que esperar los resultados. Mientras tanto, voy a darle algo para aliviar el dolor de estómago, ¿de acuerdo?

–Entonces, ¿no es el corazón?

Lucie negó con la cabeza.

–No lo creo, pero hay que asegurarse.

–Gracias, doctora –dijo el hombre, levantándose–. ¿Cuándo tengo que volver?

–La semana que viene –intervino Will–. Para entonces, ya tendremos los resultados del laboratorio.

Lucie esperó que Will hiciera algún comentario cuando la puerta se cerró, pero no dijo nada. Para su sorpresa, estaba anotando algo en un papel con la mano izquierda. Apuntando sus errores, seguro. Qué hombre.

La moqueta estaba puesta, el colchón colocado y Lucie a punto de trasladarse.

Will le dio un montón de sábanas del armario y la observó hacer la cama. Grave error. Mientras la veía pasar las manos por las sábanas para alisarlas, imaginaba aquellas manos en su piel...

Lucie colocó los almohadones y se volvió hacia él, sonriendo. Y a Will se le hizo un nudo en la garganta.

—Te ayudaría, pero ya sabes que no puedo —dijo en voz baja.

—No importa. ¿Quieres un té?

Will pensó que tendría la cocina para él solo a partir de aquel momento. No más charlas, no más discusiones sobre qué iban a cenar.

No más radio.

No más Lucie canturreando mientras fregaba los platos...

Will entró en la pequeña cocina, más para alejarse de ella que por otra cosa. Pero no había ni té ni leche, así que tuvo que ir a su casa a buscar lo necesario.

Cuando la tetera empezó a pitar, ella estaba colocando dos tazas sobre la mesa, con la misma expresión alegre de siempre. Una expresión cargante. ¿Por qué sonreía tanto?

—Si no te apetece té, también he traído chocolate.

La sonrisa femenina iluminó la habitación.

—Gracias. Luego podríamos ir a comprar. Supongo que a ti también te hace falta llenar la nevera, ¿no?

—Seguramente. ¿Té o chocolate?

—Té. Pero siéntate, ya lo hago yo.

—Gracias.

Unos minutos después, estaban sentados el uno frente al otro. Era una escena tan ridículamente doméstica que Will hubiera podido soltar una carcajada. Pero no lo hizo. Aún tendría que soportar ir a la compra con ella.

—¿No te gusta el té?

—¿Por qué lo dices?

—No sé, como tienes esa cara tan larga.

—Perdona, estaba pensando en otra cosa.

—Espero que no estuvieras pensando en mí —rio Lucie.

—No —mintió Will.

—Menos mal.

No era tanto Lucie como lo que ella representaba. Eso era lo que lo ponía nervioso. Will se tomó el té de un trago, abrasándose la garganta. Pero no protestó.

—Voy a ponerme las botas.

—No tienes que venir a la compra. Puedo ir yo sola. Si me das una lista de lo que necesitas, yo te lo traeré.

Will se sintió absurdamente decepcionado. Pero no dijo nada.

Lucie levantó una ceja al ver la lista.

¿Qué ponía allí? Debería haberle pedido una traducción. Seguramente también escribía fatal cuando podía usar las manos, pero con la escayola la escritura era atroz.

¿Hígado? Lucie puso cara de asco. Pero allí ponía hígado, estaba segura.

Cuando terminó de comprar, metió las bolsas en el coche y volvió a casa. Estaba cansada y deseando instalarse de una vez.

Además, en su casita no tendría que preocuparse por molestar al fastidioso de Will.

–¿Hígado?

–Estaba en tu lista.

–¿Dónde?

Lucie sacó la lista del bolsillo y se la puso debajo de la nariz.

–Aquí. Hígado, ¿lo ves?

–Higos. Pone higos.

Ella lo miró como si se hubiera vuelto loco.

–¿Para qué quieres higos?

–Porque me gustan –contestó él–. Lo que no me gusta es el hígado.

Lucie sonrió.

–Pues ya estamos de acuerdo en algo. Pero da igual. Seguro que a Bruno le gusta el hígado.

–Sí, ya. ¿Qué pasa, quieres robarme el cariño mi perro?

Lucie ni se molestó en contestar, mientras seguía sacando las cosas de las bolsas.

–Pues yo no pienso pagar por el hígado. Que pague Bruno –dijo, antes de salir de la cocina–. Voy a llevarme mis cosas a casa. Ahora vuelvo por la maleta.

Will se encontró a sí mismo en la ventana, mirándola cruzar el patio. Las cortinas de la casita estaban abiertas y la veía en el cuarto de estar que hacía también las veces de cocina.

–Hígado –murmuró, poniendo cara de asco. Bruno lo miró entonces, moviendo la cola–. Esta noche vas a dormir conmigo, pero ni se te ocurra subirte a la cama.

Unos segundos después, vio a Lucie cruzando el patio de nuevo.

Como siempre, entró en la cocina con una sonrisa en los labios, subió la escalera corriendo y volvió poco después con los brazos llenos de ropa.

–Vendré a buscar el resto de mis cosas mañana –le dijo. Él asintió y los dos se quedaron en silencio durante unos segundos–. Gracias por soportarme esta semana.

–Ha sido un placer.

Ella soltó una carcajada.

–Mentiroso.

–No, en serio –murmuró Will, mirándose las manos–. Siento mucho haber sido tan antipático, pero es que no estoy acostumbrado a no poder hacer nada por mí mismo –añadió, levantando los ojos–. Te ayudaré a abrir. Vas muy cargada.

–Gracias.

Cuando llegaron a la casita, Will abrió la puerta, pero se quedó fuera

–Bueno, hasta mañana.

Lucie se puso de puntillas y le dio un beso en la mejilla.

–Gracias.

Era como si el mundo se hubiera parado de repente. Por un momento, ninguno de los dos se movió y, entonces, como a cámara lenta, Will inclinó la cabeza y le dio un beso en los labios.

Lucie sintió que se derretía por dentro y, si no se equivocaba, a él le pasaba lo mismo.

—Buenas noches —dijo con voz ronca.

Inmediatamente después, se dio la vuelta y entró en su casa sin mirar atrás.

CAPÍTULO 6

LUCIE observó a Will alejándose como si ella tuviera algo contagioso. Y, sin embargo, el beso había sido tan tierno, tan delicado... tan poco parecido a él.

Al principio. Luego se había vuelto apasionado, fervoroso. Lucie hubiera querido enredar los brazos alrededor de su cuello, pero tenía las manos llenas de ropa.

El calor que había sentido al besarlo la había dejado sorprendida, pero solo duró unos segundos. Cuando se apartó, él parecía arrepentido.

Sin embargo, a ella le había parecido un beso precioso. Un beso cálido, un beso tan dulce...

Lucie tragó saliva antes de cerrar la puerta. Tenía que colgar las cosas en el armario y sacar lo que había en la maleta.

Sin embargo, lo único que hizo fue sentarse en la cama, con la ropa aún en los brazos, recordando el beso. Seguía sintiendo la huella en sus labios, la suavidad de los del hombre en contraste con el roce de su barba.

El beso no había durado nada, pero en él hubo ternura y desesperada pasión. Todo en breves segundos.

Quizá era mejor que se hubiera mudado. Desde luego que sí, de ese modo no tendría que verlo ir al cuarto de baño con los pantalones de deporte medio escurriéndose por sus caderas.

Demasiado sexual, pensó. Sin saber por qué, Lucie se imaginó a Fergus, blando, blanquecino y absolutamente poco atractivo comparado con Will Ryan. Fergus era algo... seguro. Y, sin saber por qué, no quería sentirse tan segura. Llevaba toda su vida sintiéndose segura y deseaba un cambio.

Deseaba a Will.

Pero también estaba muy claro que Will no la deseaba a ella... o, más bien, que no quería desearla. Porque la deseaba, de eso estaba segura.

Emocionada, se levantó y empezó a canturrear mientras guardaba las cosas en el armario. Sin dejar de pensar en Will.

Por fin, cuando la habitación estuvo colocada, fue a la cocina para prepararse una taza de té, que tomó viendo las noticias en televisión. Podía ver a Will por la ventana y un rato después lo oyó llamar a Bruno. Unos segundos más tarde, la luz de la cocina se apagó y vio que se encendía la de su dormitorio.

No sabía si podría arreglárselas él solo y quizá debería haberle ofrecido su ayuda, pero tenía la impresión de que Will no sabría cómo reaccionar después del beso.

Lucie apagó la televisión y se preparó para meterse en la cama, sin dejar de canturrear.

Antes de apagar la luz, tomó su diario. Pero si se ponía a escribir todo lo que le había pasado aquella semana, no terminaría hasta el amanecer. ¿Para qué lo había llevado?, se preguntó.

Escribió unas cuantas líneas sobre lo que había hecho los días anteriores y, por fin, cuando llegó al lunes, anotó:

Will me ha besado. No sé si quería hacerlo y no sé si ocurrirá otra vez, pero tengo la impresión de que necesita que lo rescaten de sí mismo. Esa podría ser mi próxima misión: rescatar al doctor Ryan.

Con una sonrisa en los labios, apagó la luz, se metió entre las sábanas y se quedó dormida casi inmediatamente.

Will apenas había pegado ojo. Bruno insistió en dormir sobre sus pies, así que se había despertado varias veces en medio de la noche sin circulación en las piernas.

Se duchó y se vistió con dificultad, le dio de comer a sus mascotas y después se puso las botas.

–Vamos, pesado –le dijo a Bruno, que seguía moviendo su plato por el suelo para dejarlo como los chorros del oro–. Vamos al río. Si puedo llegar hasta allí.

Bruno, que no había entendido el sarcasmo de su amo, salió corriendo y se paró frente a la casita de Lucie, ladrando alegremente.

Will suspiró.

–Ponte a la cola –murmuró–. Venga, Bruno. En esta casa no hay mujeres, ¿no te acuerdas?

Después de echar una última y triste mirada a la puerta, Bruno lo siguió por el camino. Poco después empezó su exploración de todos los días y, gradualmente, amo y perro recuperaron la tranquilidad. Cuando volvían hacia la casa, Bruno apareció a su lado con un regalo en la boca. Era la pata de un conejo.

En ese momento, Lucie salía de la casa.

—¡Qué asco! ¡Bruno, tira eso!

—¿Qué tal has dormido?

—Bien. Iba a ver si necesitas algo.

¿Sería una oferta generosa o solo buscaba otra oportunidad para inmiscuirse en su vida?, se preguntó Will.

—No necesito nada, gracias.

—Vale —sonrió ella—. Si quieres algo, solo tienes que gritar. Estaré lista en veinte minutos.

Cuando Lucie volvió a entrar en la casa, Will se quedó parado como un poste. La vida había sido mucho más fácil antes de que ella apareciera.

La semana pasó sin pena ni gloria. Eso fue lo que Lucie escribió en su diario. Había días fáciles, días más difíciles. Las tardes eran largas y solitarias y las noches... mejor no pensar en las noches. Lo único que podía decir era que Will aparecía en sus sueños extensamente y empezaba a preguntarse si el reto de rescatar al doctor Ryan de sí mismo no iba a ser un reto demasiado grande para ella. Desde luego, no estaba haciendo progreso alguno.

Ni su primer paciente del viernes. El señor

Gregory seguía quejándose del estómago y aunque el electrocardiograma les confirmó que no padecía del corazón, aún no habían llegado los resultados del laboratorio.

–¿Qué hacemos? –le preguntó a Will antes de que el paciente entrase en la consulta–. Si vuelve antes de tener los resultados es que está peor.

–No lo sé. Ponle un tratamiento paliativo hasta que llegue el informe. No podemos hacer nada más. Puede que esto esté empezando a ser algo psicológico.

–Es posible.

Will tenía razón. El señor Gregory solo había ido a la consulta porque estaba preocupado y quería que le dijeran que no tenía nada grave. Cuando estuvo satisfecho de que no iba a morir al día siguiente, se marchó y Lucie pudo terminar la consulta del día sin más complicaciones. Estaba a punto de empezar con las visitas a domicilio cuando la recepcionista recibió la llamada de una señora cuya hija estaba vomitando.

–¿Quién es? –preguntó Will.

–La señora Webb –contestó Verónica.

–Dile que nos pasaremos por su casa. Nos pilla de camino. Y dame su historial médico. Seguramente, no es más que una resaca.

–¿Una resaca?

–Los jóvenes ya no aguantan nada.

–Seguro que tú eras un salvaje cuando estabas en la universidad.

–Tuve mis momentos –sonrió él–. Pero en mis tiempos no bebíamos tanto.

–¿En tus tiempos? Pobre ancianito –rio Lucie.

–¿Nos vamos? –preguntó Will, tomando el historial con la mano izquierda. Cada día la movía mejor, afortunadamente.

Pero no tanto como para poder conducir. Y eso lo irritaba profundamente.

–¿Cuándo podrás volver a conducir?

–Cuando me quiten la venda de cinc. Es por el seguro, más que nada. Si tengo un accidente con las manos vendadas, me la juego.

–Ah, ya veo.

–Y, por el momento, tendremos que ir juntos, así que será mejor que nos llevemos bien.

–Sí, señor –dijo Lucie, haciendo un gesto militar.

Inmediatamente después Will procedió a decirle que iba demasiado pegada al carril izquierdo, que fuera más despacio, que adelantase, que no adelantase... en fin, esas cosas tan agradables.

–¿No has visto a ese ciclista? –le gritó un minuto después. Ella encendió la radio sin decir nada–. ¿Tenemos que oír eso?

Lucie paró el coche en el arcén, apagó la radio y se volvió para mirarlo.

–Will, llevo muchos años conduciendo. ¿Quieres dejarme en paz de una vez? No he tenido nunca un accidente...

–Pues es un milagro.

–Y no necesito que nadie me diga cómo tengo que hacer las cosas. Así que, o te callas o te bajas del coche ahora mismo.

Él volvió la cara, con una expresión que podría haber derretido el acero.

—Lo siento —dijo por fin.

¿Lo siento? ¿Se estaba disculpando? ¡Aleluya!

—Gracias —dijo ella—. Ahora, dime dónde quieres que vaya... además de al infierno.

Will no pudo evitar una sonrisa.

—Perdona. Es que siempre conduzco yo y me encuentro incómodo. La única vez que tuve un accidente, no conducía yo y me cuesta trabajo ir en el asiento del pasajero.

—Porque te gusta controlarlo todo. Pero si te sirve de consuelo, me saqué el carné a la primera.

—¿En serio?

—En serio —suspiró ella. Al menos, el ambiente dentro del coche se había caldeado un poco—. ¿Dónde vamos, jefe?

Will le dio instrucciones precisas sin abrir la boca más de lo necesario y poco después llegaban a casa de la chica que no paraba de vomitar.

—Hola, soy la doctora Compton.

—Cuánto me alegro de que haya venido. Harriet está fatal, la pobre.

La mujer los llevó hasta un dormitorio donde una joven de unos quince años estaba en la cama, pálida, ojerosa y con aspecto de tener algo mucho peor que una resaca.

—Hola, Harriet. Soy la doctora Compton y estoy haciendo prácticas con el doctor Ryan —la saludó Lucie.

—Hola —dijo la niña, casi sin voz.

—¿Por qué no me dices qué te pasa?

–Me duele mucho el estómago y, si intento comer algo, vomito.

–¿Tienes diarrea o estreñimiento?

–No –contestó la chica.

Lucie apartó la sábana y comprobó que tenía el abdomen muy hinchado. No había cambio de tonalidad en la piel, pero sí un bulto en medio del estómago que podría ser una seria obstrucción intestinal.

–Cuando vomitas... ¿sale un poco de sangre?

–Un poquito.

–¿Roja o marrón?

–No sé. Creo que marrón.

Lucie miró a Will por encima del hombro.

–¿Podrías examinarla?

–A ver si puedo –murmuró él. Después de examinar el abdomen hinchado con los dedos de la mano izquierda, Lucie lo vio fruncir el ceño.

–Tiene una obstrucción.

Ella miró el pelo de la niña y comprobó que era muy fino y parecía comido en las puntas.

–Harriet... ¿sueles morderte el pelo?

–Solía hacerlo de pequeña –dijo su madre–. Pero ya no lo hace, ¿verdad, hija?

–¡Ya no lo hago, de verdad!

–Puede que lo hagas mientras duermes –sugirió Will–. A veces pasa cuando uno está nervioso. ¿Tienes exámenes?

Harriet asintió.

–¿Creen que tengo una bola de pelos en el estómago?

–Es posible –dijo Lucie–. Tiene que ir al hospital para que la examinen, señora Webb.

La mujer estaba sentada a los pies de la cama, boquiabierta.

–¿Una bola de pelo?

–Es muy raro, pero ocurre. Lo importante es que vaya al hospital lo antes posible –asintió Will.

–¿Debería llevarla a urgencias?

–Podemos llamar a una ambulancia ahora mismo, si le parece. Si va usted sola, tendría que esperar y no creo que Harriet pueda soportarlo.

–No pasa nada, cariño –dijo la señora Webb.

Harriet se incorporó en la cama con la mano en la boca y la pobre mujer sacó un barreño que tenía a los pies de la cama.

–Será mejor llamar ahora mismo –dijo Will en voz baja–. Esa bola es muy dura y no tiene buen aspecto. Si no nos damos prisa, podría causar una perforación de estómago.

Lucie asintió.

–Llama tú a la ambulancia. Tú los conoces mejor que yo.

–Señora Webb, ¿puedo usar el teléfono?

–Sí, claro. Está en la cocina.

Lucie se quedó en la habitación tomando notas sobre el historial médico de la niña y, cuando llegó la ambulancia, la señora Webb ya había guardado las cosas de Harriet en una bolsa de viaje.

–¡Menuda bola! Nunca había visto nada parecido –dijo Lucie cuando entraban en el coche.

–Ni yo. Creo que es por la presión que sufren

los adolescentes. Acuérdate de Clare Reid, angustiada porque su padre se enfadaría si no sacaba sobresaliente en los exámenes. Pero puede que esta niña tenga un historial psiquiátrico.

—¿Tú crees?

—Deja que vea el informe —murmuró Will. Unos segundos después, golpeaba los papeles con la mano—. Aquí está. Lleva haciéndolo desde los cinco años... Estuvo en el hospital y el médico le sugirió que viera al psiquiatra. Pobre cría.

—¿Crees que saldrá de esta?

—Espero que sí. Ha debido perder sangre durante los vómitos y la rigidez de la hinchazón no augura nada bueno. Pero si no hay riesgo de hemorragia, podrán solucionarlo.

Si no había riesgo de hemorragia.

Las siguientes visitas fueron de pura rutina, una niña con anginas, una anciana que se había caído, un recién nacido con diarrea que tenía síntomas de deshidratación... Nada grave, afortunadamente.

Cuando volvieron a la clínica, repasaron la lista de pacientes, charlaron un rato sobre las normas de la clínica en cuanto al trato con los drogodependientes y, mientras Lucie empezaba a pasar consulta, Will fue a llamar al hospital para ver qué sabían de Harriet Webb.

Unos minutos después, asomó la cabeza por la puerta.

—Harriet está bien. Le han sacado una bola de pelo del estómago y le han hecho una transfusión, pero está bien.

–Menos mal –sonrió Lucie.

–¿Cuántos pacientes te quedan?

–Tres.

–Voy a tomar un café. ¿Quieres uno?

–Prefiero tomarlo más tarde.

Media hora más tarde, estaban de camino a casa.

–¿Algún plan para el fin de semana? –preguntó Will.

Lucie sintió un escalofrío. Fergus le dijo que quería ir a verla, pero no había llamado en toda la semana. Quizá había entendido la pista cuando salió prácticamente corriendo del restaurante.

–No. ¿Y tú?

Él se encogió de hombros.

–Yo no puedo hacer mucho.

–¿Qué harías si estuvieras bien?

–Arreglar mi casa. En caso de que no te hayas dado cuenta, está hecha un desastre. Aún me quedan por arreglar suelos, techos, cañerías... Lo único habitable es la cocina y los dormitorios; me queda mucho por hacer.

–¿Y por qué compraste una casa con tantos problemas?

–Porque me gustan los retos, supongo.

–¿Y por qué no vives en la casita pequeña? Aunque también podrías alquilarla.

–Por el momento, se la alquilo a los interinos, como tú.

–Pero yo pago muy poco. Si la alquilaras al precio normal, sacarías mucho más.

–Sí, pero entonces tendría que soportar a familias enteras dándome la paliza todo el día. Y, por el momento, lo único que me apetece es arreglar mi casa de una vez por todas.

Lucie sonrió.

–Lo que me extraña es que no te hayas puesto a dar martillazos con los pies.

–Debo confesar que lo intenté el fin de semana pasado, pero me dolía tanto que tuve que dejarlo.

Y eso lo frustraba enormemente, porque Will no era de los que abandonan a la primera.

Y tampoco lo era Fergus, pensó Lucie con el corazón encogido al ver su coche en la puerta.

–¿Tienes visita? –preguntó Will.

–Eso parece.

–¡Lucie, cariño! Ese perro lleva media hora ladrando, así que me he quedado dentro del coche, por si acaso.

–Deberías haberme llamado –dijo ella, ofreciéndole la mejilla.

Por el rabillo del ojo, vio a Will saliendo del coche con una expresión que no le apetecía analizar.

–Will, te presento a Fergus Daly, un amigo de Londres. Fergus, este es Will Ryan, mi médico instructor.

–No puedo darle la mano –masculló Will, sin mirarlo–. Bueno, luego nos vemos.

–Qué tipo tan raro –murmuró Fergus–. Muy antipático, ¿no?

–No, bueno... es que como tiene los brazos rotos...

–Así que esta es tu casita.

—Sí —contestó Lucie, abriendo la puerta—. Está hecha un desastre. ¿Te apetece un café?

—¿No tienes nada más fuerte?

—No. Además, tienes que conducir.

—¿Ah, sí? ¿Y dónde voy?

—A tu hotel —contestó ella.

—Pensé que me invitarías a quedarme —murmuró Fergus, inclinando la cabeza para besarla. Pero Lucie se escurrió con gran habilidad.

—Es mejor que no, Fergus. Te lo dije en Londres y no ha cambiado nada.

—Pero te echo de menos.

—Ya lo sé, pero... yo no te echo de menos, Fergus. Lo siento, pero es así.

Él la miró, atónito.

—¿Lucie?

—Vamos, Fergus, por favor. No es la primera vez que te lo digo. Lo que pasa es que no quieres escucharme. Somos amigos, nada más. No hay nada entre nosotros... nada en absoluto.

—Ah.

Fergus parecía encontrar la moqueta absolutamente fascinante y ella se sintió culpable.

—Lo siento.

—La verdad es que estaba deseando pasar contigo el fin de semana —murmuró él.

—Porque no me escuchas. Te lo he dicho muchas veces. Venga, vamos a tomar un café antes de que te marches.

—No quiero, gracias —dijo Fergus entonces, con los ojos sospechosamente húmedos—. Es ese Will, ¿verdad?

Lucie suspiró.

—No, no es Will. Él no tiene nada que ver.

—Puede que antes no, pero ahora sí —dijo entonces Fergus con inusual percepción—. Espero que encuentres lo que estás buscando, de verdad. Te lo mereces, eres una chica estupenda.

La puerta se cerró tras él y Lucie se dejó caer sobre una silla. Pobre Fergus. No era culpa suya. Quizá la culpa era de ella, que buscaba algo diferente, menos seguro, menos predecible.

Cuando miró por la ventana, vio a Will observando el coche de Fergus y se preguntó qué estaría pensando.

Cuando la miró, su corazón dio un vuelco. Quizá aquel fin de semana tendría oportunidad de acercarse un poco más a él. Después de todo, no podía rescatarlo a distancia.

Un estremecimiento la recorrió mientras se levantaba para preparar un café, planeando su próximo movimiento.

CAPÍTULO 7

FERGUS se marchaba... probablemente a comprar una botella de champán y velas para pasar una noche romántica con Lucie, pensó Will.

El lujoso coche se alejaba por el camino muy lentamente debido a los baches, pero volvería, estaba seguro. En coche o a pie, quejándose de la incomodidad de la vida en el campo.

Disgustado, se volvió hacia la ventana que daba a la casita. Allí estaba Lucie, sentada en una silla. Poco después se levantó y fue a la cocina, seguramente para preparar la cena antes de que ese Fergus volviera con el champán.

Will sintió algo que no entendía y no quería analizar, pero que le encogía el corazón. Maldito Fergus con su lujoso coche y su pinta de estirado. No sabía lo que había ido a buscar, pero no quería quedarse por allí y presenciar la escena.

Llamó a Bruno y fueron a pasear hasta el río. Se quedó allí hasta que hacía demasiado frío y estaba demasiado oscuro para cualquiera con dos dedos de frente. Cuando tomó el camino de vuelta, prácticamente tenía que ir mirando al suelo para no tropezar.

El coche de Fergus no estaba en la puerta. Seguramente habrían ido a alguna parte. O quizá se había metido en un bache y no podía salir, pensó con una sonrisa perversa. ¡Aquella mujer despertaba en él los peores sentimientos!

Will entró en la cocina, se calentó un poco de beicon, cortó unos tomates y se comió un bocadillo, preguntándose qué estarían cenando Fergus y Lucie.

¿Salmón ahumado? ¿Langosta?

Desde luego, no habrían comido un bocadillo de beicon.

En ese momento, alguien llamó a la puerta y, cuando abrió, se encontró con Lucie.

—Pensé que habías salido con tu amigo.

—Fergus se ha ido.

A Will le pareció que lo decía con tristeza. Quizá habían tenido una discusión. Quizá él estaba casado, quizá...

Lucie miró el bocadillo que tenía en la mano.

—¿Es un bocadillo de beicon?

Will la invitó a pasar, absurdamente contento de que ese Fergus se hubiera perdido de vista.

—¿Quieres uno?

—Mataría por uno.

—No hace falta. Siéntate ahí.

—Yo te ayudo.

Terminaron chocándose, rozándose y, en general, haciendo que las hormonas de Will se subieran por las paredes. Lucie olía de maravilla. No estaba seguro qué era, quizá el champú. Aún tenía el pelo mojado, de modo que acababa de ducharse. La idea hizo que le temblara la mano mientras ponía el beicon sobre el plato.

—Toma. A mí se me da fatal cortar el tomate. Antes lo he cortado a hachazos.

—Solo quiero beicon —sonrió ella, cerrando el bocadillo.

Después de dar el primer mordisco, cerró los ojos, en éxtasis, y Will tuvo que ahogar un gemido de frustración. ¿Qué le pasaba con aquella mujer?

—¿Está bueno?

—Bonísimo —dijo Lucie con la boca llena—. Estoy muerta de hambre.

—¿Y por qué no has cenado?

Ella se encogió de hombros.

—No me apetecía nada de lo que hay en mi nevera.

—Así que has decidido venir a robar en la mía, ¿no? —bromeó Will, haciendo un esfuerzo para no preguntar por qué no había cenado con Fergus.

—La verdad es que había venido para ver cómo estabas. Como se hizo de noche y no habías vuelto, estaba preocupada.

—Fui a dar un paseo al río —dijo él, disimulando que lo conmovía su preocupación—. No te preocupes por mí, no soy un niño.

—Lo sé, pero con los brazos escayolados y todo lo demás...

—¿Todo lo demás? ¿Te refieres a mi problema mental?

Lucie soltó una carcajada.

–Al fin y al cabo, te diste un golpe en la cabeza.

–Estás loca –sonrió Will, observándola. Tenía el pelo mojado y los labios entreabiertos. Estaba deseando volver a besarla.

–Aquí hace mucho frío y yo he dejado la estufa puesta en casa. Podríamos tomar un café. Además, Fergus me ha traído bombones.

Will no pensaba probar esos bombones porque se atragantaría. Pero tomar un café con Lucie en una habitación calentita era una tentación irresistible.

–¿A qué estamos esperando? –preguntó, poniéndose de pie.

Lucie encendió la cafetera y le mostró una botella muy interesante.

–¿Te apetece un whisky?

–¿Vicios secretos?

Ella sonrió.

–A mi padre le gusta. Solía ir a verme de vez en cuando a Londres y un día dejó esta botella en el apartamento. ¿Te apetece?

–Gracias –sonrió Will.

No era de Fergus, así que podía aceptar.

Se estaba muy bien allí, sin pelearse con Lucie por una vez, compartiendo un café y una copa de whisky. Era agradable. Muy agradable.

Cuando Lucie puso música, Will sintió una absurda sensación de pena porque nunca podrían tener nada más que eso. ¿Qué le pasaba? ¿Por qué era incapaz de vivir con nadie?, se preguntó, suspirando. Cada vez que lo intentaba, terminaba amargado. Era demasiado intolerante, ese era el problema... o quizá nunca había encontrado a nadie que fuera tan especial como para hacerlo cambiar.

Lucie podría ser especial, pensó. Pero se peleaban constantemente y, sin saber cómo, conseguían irritarse el uno al otro. Aunque empezaba a pensar que su fastidio era debido a la frustración sexual.

Además, ella tenía novio. Fergus.

—¿Quieres un bombón? —le preguntó entonces Lucie, ofreciéndole una caja que debía haberle costado una fortuna al estirado de su novio.

Will se resistió, pero ella no. Y entonces tuvo que soportarla chupando y mordisqueando el chocolate. Porque no podía sencillamente metérselos en la boca, no. Tenía que mordisquearlos y meter la lengua dentro de los que tenían licor y... volverlo loco por completo.

Intentó cerrar los ojos, pero no servía de nada. Imaginaba aquella boca moviéndose sobre su cuerpo, mordisqueándolo, chupándolo, atormentándolo... Cuando abrió los ojos, la encontró mirándolo con curiosidad.

—¿Qué?

—¿Te duele algo?

Will ahogó una maldición.

—Digamos que me he encontrado más cómodo en otras ocasiones —contestó, cruzando las piernas para disimular su ofuscación.

Cuando Lucie se levantó para cambiar el CD, observó su culito perfecto, tan redondito, tan respingón y... Will se tomó el whisky de un trago y dejó el vaso sobre la mesa, de golpe.

—Tengo que irme.

—¿De verdad?

A Will se le ocurrió entonces pensar que ella parecía triste. Quizá echaba de menos a Fergus. No sabía por qué se había marchado tan temprano... aunque, en realidad, tampoco había parecido muy contenta de verlo.

—De verdad.

Sintiera lo que sintiera por ese Fergus, él no quería ser sustituto de nadie.

Cuando se volvió para darle las gracias por el whisky, se chocó con ella y levantó los brazos en un gesto torpe para sostenerla. Pero en lugar de sujetarla lo que hizo fue atraerla hacia sí. Y, sin darse cuenta, inclinó la cabeza para buscar sus labios.

Sabía a chocolate y a café, y se rindió ante el beso con un casi imperceptible gemido que lo volvió loco. Ella estaba de espaldas al dormitorio y Will podía ver la cama...

La soltó para marcharse, pero sus brazos parecían tener otras ideas y, de repente, estaban sobre su trasero, apretándola contra él.

Lucie gimió suavemente cuando volvió a tomar su boca, aquella vez casi con desesperación. La deseaba, deseaba tocarla y enterrarse en ella.

Deseaba cosas que no debía desear. Ella era de Fergus.

Con un gemido ronco de agonía, Will consiguió apartarse.

—Lucie, yo...

Lucie le puso un dedo sobre los labios.

–No digas nada.

–Tengo que irme.

–Hasta mañana.

Lucie se puso de puntillas y le dio un beso en la cara, con sus pechos aplastándose contra el torso masculino. Will abrió la puerta y salió, tan ciego que casi aplastó a Minnie con la bota.

–Maldita sea –murmuró.

Lucie rio, una risa ronca y suave que lo torturaba.

–Se mete aquí por la noche. Sube por la ventana y se mete en mi cama.

Qué suerte, pensó Will.

–Hasta mañana.

Bruno lo recibió moviendo la cola y él lo acarició, distraído. No podría dormir aquella noche, pero necesitaba descansar.

Corrección: necesitaba a Lucie, pero no iba a tenerla.

Ni aquella noche, ni nunca.

Lucie se metió en la cama sintiendo un hormigueo en los labios.

Pobre Fergus. Tenía razón. Will no tuvo nada que ver antes de que se fuera de Londres... pero sí tenía que ver en aquel momento.

Especialmente, después de aquel beso.

Fergus la había besado también, pero en la cara, porque eso era lo único que ella le permitía. Sin embargo, a Will se lo habría permitido todo.

Todo.

Lucie tomó su diario y anotó:

*Estoy haciendo progresos. Ha vuelto a be-
sarme. Él sigue pareciendo lamentarlo, pero yo
no. Ojalá se hubiera quedado esta noche.*

Después, dejó el diario sobre la mesilla y apagó la
luz. Intentaba dormirse, pero recordaba el beso una
y otra vez. Y eso le hacía sentir un anhelo descono-
cido. Un anhelo y un nudo en la garganta porque, en
algún momento durante aquel beso, Lucie se había
dado cuenta de que estaba enamorada de él.

¿Cómo podía haberse enamorado de alguien
tan gruñón, tan hostil?

Porque Will no era así en realidad. Porque el
auténtico Will era encantador, dulce y adorable.
Sí, ya, y estaba buscando una mujer para compartir su vida, se dijo entonces, irónica.

Todo lo contrario, lo que quería era estar solo.
Era un hombre solitario y, aunque la deseaba, y
eso era obvio, lamentaba hacerlo.

¿Por qué?

Tendría que preguntarle ella misma. Si se atrevía.

Will llamó a su puerta a las diez y media,
cuando estaba limpiando los platos del desayuno.
Lucie abrió la puerta con una sonrisa que seguramente decía demasiado. Nunca se le había dado
bien disimular sus sentimientos.

—Hola. ¿Quieres un café?

–¿Café?

Estaba guapísimo aquella mañana. Se había puesto los vaqueros que llevaba el día del accidente, de modo que ya podía desabrocharse los botones de la bragueta, pensó. Un pensamiento muy poco adecuado.

–¿Sí o no?

–Sí –contestó él por fin–. He estado pensando en tus prácticas.

«Oh, no», pensó Lucie. «Va a decirme que no podemos seguir porque la atracción que sentimos es un problema y yo voy a tener que volver a Londres».

–¿Por qué?

–Los pacientes que has tenido hasta ahora, excepto Harriet y su bola de pelo, son demasiado complacientes. Necesitas entrenarte con pacientes más problemáticos.

Lucie suspiró, aliviada.

–¿Y qué sugieres? ¿Que me pelee con ellos?

–No, que interpretes un papel.

–¿Cómo?

–Que hagas tu papel –repitió Will.

De todo lo que había aprendido en la universidad, lo que menos le gustaba era hacer su papel. No mucha gente lo sabía, pero los médicos recibían clases de interpretación para tratar con todo tipo de pacientes. A Lucie se le daba bien, pero no podía tomárselo en serio y siempre se le ocurría añadir algo que lo estropeaba todo.

Su profesor de arte dramático la regañaba y los tutores se llevaban las manos a la cabeza.

Y Will quería que hiciera ejercicios con él.

—No puedo hacerlo —dijo, con firmeza.

—Claro que puedes. Tienes que intentarlo. Al principio, da un poco de vergüenza, pero luego uno se acostumbra.

¿Vergüenza? De eso nada. Probablemente lo dejaría tan boquiabierto que escribiría un mal informe sobre sus prácticas.

Pero había una expresión implacable en el rostro masculino y Lucie tenía la impresión de que lo decía muy en serio.

—¿Cuándo? —suspiró por fin.

—Ahora.

—¿Ahora mismo?

—¿Tienes algo que hacer?

—No, pero... es tu fin de semana libre —dijo Lucie, buscando cualquier excusa.

—Y puedo hacer tantas cosas... —suspiró Will, levantando el brazo escayolado.

«Podrías hacerme el amor», pensó ella entonces. Por un momento, creyó que lo había dicho en voz alta y se puso como un tomate. Aparentemente no lo había hecho porque él tomó la taza de café sin decir nada.

—No voy a morderte.

—Vale, lo que tú quieras —dijo Lucie.

Hasta podrían reírse. Y si no se pasaba mucho, Will descubriría que era una gran actriz.

Will llamó a la puerta y ella abrió, sonriendo.

—Hola —lo saludó alegremente—. Soy la doctora Compton, siéntese. ¿Qué le duele?

«Ya te gustaría saberlo», pensó Will.

–Tengo un problema intestinal, doctora Compton.

–¿Qué clase de problema?

–Pues... ya sabe. O voy al baño cada cinco minutos o no voy.

Lucie sonrió.

–¿Desde cuándo tiene ese problema? ¿Desde pequeño o le ocurre solo recientemente?

–Pues... lo tengo de vez en cuando. Bueno, no, lo he tenido siempre. Aunque, ahora que lo pienso, solo me pasa desde hace unas semanas.

–¿Y cuál es exactamente el problema?

–Como le he dicho, o voy al baño o no voy.

–¿Ha cambiado recientemente de dieta?

–No. Dejé de comer verduras cuando murió Katie.

–Ah, ya veo. Su mujer ha fallecido.

–Mi mujer, no. Mi perra.

Lucie intentaba no reírse y Will tenía que admitir que a él también le costaba trabajo.

–Entonces, ¿no come verduras?

–Solo como comida congelada. Las verduras me dan asco. ¿A usted le gustan las verduras, doctora?

–Pues sí, mucho. ¿Come algo de fruta?

–Me gusta el melocotón en almíbar. Y las fresas, pero normalmente me dan problemas.

–¿Quiere decir que lo hacen ir al baño?

–Sí. Pero claro, depende de cuántas coma. Si como muchas, entonces, voy al baño. Y si como demasiadas...

–Ya veo –lo interrumpió Lucie–. ¿Come peras, manzanas y otras frutas? ¿Cereales?

–Pues mire, durante la guerra...

–Durante la guerra comía muchos cereales, ¿no? –lo cortó ella de nuevo–. Bueno, creo que debemos concentrarnos en qué tipo de dieta debe seguir para ir al baño de forma regular.

–Eso eso, regular, eso es lo que quiero –asintió Will, aparentemente emocionado.

–Muy bien. Tendré que examinarlo –dijo entonces Lucie. Eso lo pilló completamente por sorpresa–. Por favor, quítese el pantalón y túmbese en la camilla –añadió, señalando el sofá.

–¿Tengo que hacerlo?

Lucie se puso las manos en las caderas y lo miró con aquella sonrisa descarada y sexy que lo volvía loco.

–¿Cómo voy a hacer un diagnóstico si no examino a mi paciente?

–Ya. Bueno, haremos como que me he quitado los pantalones –dijo Will entonces, tumbándose en el sofá.

–Muy bien. Voy a desabrocharle el pantalón.

Antes de que pudiera impedirlo, Lucie le había desabrochado el pantalón y empezó a examinarlo, acercándose peligrosamente a algo a lo que no debería acercarse.

–Tenga cuidado.

–Una cicatriz muy bonita. ¿Apendicitis o hernia?

–Apendicitis –contestó Will, con voz estrangulada.

–¿Ha tenido problemas después de la operación?

–Pues... algunas veces. Como he dicho, a veces voy...

–Ya, ya. Me acuerdo –sonrió ella, apretando su abdomen con fuerza. Will contuvo un alarido–. ¿Le hago daño?

–Sí.

–¿Y si aprieto aquí, más abajo?

Will sujetó su mano justo a tiempo.

–Me parece que ya hemos terminado –dijo, intentando abrocharse el pantalón.

–Deja que te ayude –sonrió Lucie. Y entonces, aquellos deditos empezaron a rozarle la entrepierna otra vez. Will contuvo el aliento, pero ella terminó enseguida, dejándole la camisa por fuera del pantalón.

¿Lo habría notado?, se preguntó, cruzando las piernas. Últimamente, pasaba mucho tiempo en esa posición.

Quizá lo de la interpretación no había sido buena idea, pensó.

Lucie lo estaba pasando estupendamente. Cambiaron de papel, interpretando ella a la paciente, y trataron sobre temas serios y temas triviales. Al final, aprendió técnicas que solo se aprendían con la práctica.

Y, sobre todo, aprendió muchas cosas sobre Will Ryan. Por ejemplo, que tenía un sentido del humor tan perverso como el suyo, que le importaban mucho sus pacientes y que era un médico muy exacto y consistente en sus diagnósticos.

También aprendió que podía excitarlo con solo pasar los dedos por su estómago y que a él le daba miedo seguir por allí.

Por fin, a la hora de comer, Will se dejó caer sobre una silla.

–¿Qué tal?

–Bien. Creo que me ha servido de mucho, de verdad. ¿Qué tal lo he hecho?

–¿Cuando te ponías seria? Bien. Muy bien. El resto llega con la experiencia, pero creo que tienes lo que hace falta para ser un buen médico. Si fueras mi médico de cabecera, yo estaría tranquilo.

–Gracias, doctor Ryan –sonrió ella, verdaderamente encantada.

–De nada. ¿Te apetece que vayamos a comer al pueblo?

–Estupendo. Yo conduzco.

Will sonrió.

–Muy bien. Así podré tomar un par de cervezas.

Y ella también tomaría una, pensó Lucie, contenta.

CAPÍTULO 8

LUCIE descubrió que le resultaba más fácil trabajar con Will después de que la hubiera elogiado. Aunque él seguía tomando notas, criticando algunas cosas y, en general, fastidiándola.

Sin embargo, tenía que reconocer que sus comentarios eran profesionales y, aunque a veces la molestasen, justos.

Quince días después de la sesión de arte dramático, Harriet Webb fue a la consulta para una revisión. Había salido del hospital hacía unos días y su madre quería que le echaran un vistazo antes de irse de vacaciones.

Además de tener buen aspecto, se había cortado el pelo para no comérselo por la noche.

–¿Tienes apetito?

–Mucho –rio la joven–. Como de todo. Creo que es la primera vez que tengo espacio en el estómago para comer. En el hospital me dijeron que la bola de pelo llevaba formándose toda mi vida. Me la enseñaron y era enorme. Ahora tengo una cinturita de avispa, como dice mi madre. Y además van a poner la bola de pelo en el museo del hospital, así que seré famosa.

Lucie sonrió.

—Qué bien. Estás muy guapa con el pelo corto.

—Estoy intentando acostumbrarme porque no quiero volver a tener una bola de pelo en el estómago. ¡Qué asco!

—¿Has ido al psicólogo para intentar averiguar por qué lo hacías?

La joven hizo una mueca.

—No vale de nada.

—Sé que, al principio, da un poco de corte hablar sobre lo que te pasa, sobre tus sentimientos y esas cosas. Pero si al final descubres cuál era el problema, merece la pena, ¿no crees?

—No sé. Es que siempre quiere hablar de cuando murió mi hermana y a mí no me gusta hablar de eso.

—Ya entiendo —dijo Lucie, comprensiva.

La señora Webb, que estaba muy calladita en la silla, miró a Lucie.

—Fue entonces cuando empezó a comerse el pelo. No sé, yo creo que ir al psicólogo es bueno para hablar de las cosas que le duelen a uno.

—Claro que sí. Y la verdad es que Harriet está estupenda, así que no veo por qué no van a irse de vacaciones. ¿Dónde han pensado ir?

—A Francia. Vamos casi todos los años.

—Pues espero que lo pasen muy bien —sonrió Lucie antes de despedirlas.

—Anota eso —le dijo Will.

—¿Lo de la hermana?

—Sí. Es posible que Harriet la encontrase

muerta o algo así. Quizá se sienta culpable. En cualquier caso, podría ser relevante.

—Tiene buen aspecto, ¿verdad? Una resaca... ¡Ja!.

Will sonrió.

—¿A quién tenemos ahora?

—Al señor Gregory. Ha terminado el tratamiento contra el virus... a ver cómo está.

Afortunadamente, estaba mucho mejor. Había dejado de dolerle el estómago y podía comer sin problemas.

—¿Está haciendo dieta? El doctor Ryan me dijo que quería perder algunos kilos.

—Sí, bueno, la había dejado, pero supongo que puedo volver a empezar otra vez. Pero es que las ensaladas...

—No tiene por qué comer solo ensaladas —le recordó Lucie—. Puede comer de todo, pero con la menor grasa posible. Lo importante es comer de forma regular y con moderación.

—Lo intentaré. La verdad es que me vendría bien perder unos cuantos kilos.

—Ya que está aquí, podríamos pesarlo. Quítese la chaqueta y los zapatos, por favor.

Cuando el señor Gregory salió de la consulta, Will hizo una mueca.

—Podía haberlo pesado la enfermera.

—Pero ya que estaba aquí...

—Quien debería haber estado es el próximo paciente. Ya vamos con retraso, como todos los días.

—¿Seguro que no tienes nada que hacer, como por ejemplo llevar otra consulta?

–¿Con la mano escayolada? ¿Y si tengo que examinar a alguien?

–Puedes pedirle ayuda a una enfermera.

–No quiero pedirle ayuda a una enfermera. Estoy bien aquí.

Pero ella no. Aunque no era del todo cierto, la verdad. A pesar de sus críticas, le gustaba estar con él.

En ese momento, sonó el teléfono.

–Doctora Compton.

–La señora Brown está teniendo contracciones –le dijo Verónica–. ¿Podrían ir a su casa?

La mujer que esperaba trillizos. Lucie le pasó el teléfono a Will para que hablase con ella.

–Muy bien. No se mueva, vamos para allá –dijo después de hacerle un par de preguntas.

–No he terminado con la consulta.

–Pásale los pacientes a Richard. Si no me equivoco, Ángela Brown está a punto de perder los niños.

–Voy por mi maletín.

Llegaron diez minutos después. Ángela había empezado a sangrar.

Manchaba poco, pero tenía la tensión muy baja y había un gran riesgo de que perdiera a los niños.

–Hay que llevarla al hospital –dijo Will.

–¿Y los niños? –preguntó la mujer, preocupada.

–En este momento, quien me preocupa es usted. Lucie, ¿puedes llamar al hospital?

Mientras ella lo hacía, Will escuchaba el latido de los niños a través de un estetoscopio fetal.

–¿No van a examinarme? –preguntó Ángela, angustiada.

–Es mejor que no. Existe el riesgo de que el útero se contraiga. Hasta que llegue la ambulancia, quiero que esté lo más tranquila posible.

La ambulancia pareció tardar siglos en llegar, pero cuando la pusieron en la camilla, Will y Lucie se quedaron un poco más tranquilos. En el hospital, sabrían cómo tratar el problema. Un parto de trillizos era algo que debía monitorizar un equipo de ginecólogos expertos.

–Espero que no pierda a los niños –dijo Lucie–. Antes estaba preocupada por tenerlos y ahora por perderlos.

–Los tenga o no, lo va a pasar mal. Si no los tiene, será un disgusto enorme y si los tiene, con un marido que no quiere saber nada... –murmuró Will, consternado.

Lucie se alegraba de no tener que tomar ese tipo de decisión. La naturaleza tendría que seguir su curso, ayudada... o a veces, estorbada por una intervención médica.

Cuando volvieron a la clínica, Richard había terminado de ver a los pacientes y todo el personal estaba brindando con champán.

–¡Una fiesta! –exclamó Lucie.

–¿Qué estamos celebrando? –preguntó Will.

–¡Lo he conseguido por fin! –sonrió Gina, una de las recepcionistas, mostrándoles un anillo de compromiso.

–Enhorabuena. Te ha costado, ¿eh?

–Desde luego. Y como no me fío de él, nos casamos el viernes. Ya sé que la mayoría no podéis venir a la boda, pero podríais venir a la fiesta por la noche.

—Ah, estupendo —sonrió Richard—. Espero que tú también vengas, Will. La mano escayolada no te impedirá tomar una copa.

—Claro que no.

—Lucie, tú también tienes que venir —dijo Gina.

—Por supuesto.

Sería interesante ver a Will en una fiesta. Quizá hasta lo pasaría bien.

—De verdad no quiero ir —estaba diciendo Will.

—Tienes que venir. Venga, a Gina le hará ilusión.

Él suspiró, derrotado.

—Ya lo sé. Bueno, iré, pero no me apetece.

—Vamos a pasarlo bien —sonrió Lucie.

Él la fulminó con la mirada. Qué hombre.

—Eso es precisamente lo que me temo.

—Tienes que animarte un poco. ¿Quién sabe? A lo mejor al final de la noche tienen que sacarte de la pista de baile.

—Seguro. Cuando las ranas críen pelo.

—Tengo que vestirme. ¿Quieres que te ponga el guante?

—Sí, por favor.

Lucie lo observó quitarse la camisa antes de ayudarlo a ponerse una especie de guante de plástico que cubría toda la escayola. Era la única forma de ducharse sin problemas.

Lo malo era que tenía que ver todos los días aquel torso tan masculino. Y no podía tocarlo.

Después de ponérselo, salió corriendo hacia su casa. Tenía menos de una hora para ducharse, lavarse el pelo y ponerse guapa.

La fiesta tenía lugar en el salón de baile del pueblo y no había que ponerse un traje de diseño, pero sí algo bonito y elegante. Lucie miró en su armario y encontró unos pantalones negros y una camisola de lentejuelas que le quedaba estupendamente.

Después de ducharse, se maquilló un poco y se puso unos pendientes dorados. No lo suficientemente elegante para los carísimos restaurantes a los que Fergus la llevaba, pero sí para una fiesta en un pueblo. Y pensaba pasarlo de maravilla.

Lucie no sabía lo que le estaba haciendo con aquella camisola de lentejuelas. Pero ella estaba en su elemento. Charlaba con todo el mundo y se reía con todos sin excepción, desde el padre de la novia hasta los niños que tiraban cacahuetes a los invitados.

Will levantó los ojos al cielo y volvió a la conversación con Richard y su mujer.

–Qué chica tan simpática –dijo Sylvia.

–Sí, ya.

–Tú también eres muy simpático cuando quieres –lo regañó su amiga.

–Lo siento. Es que me hace sentir viejo.

–¿Viejo? Espera a cumplir los cincuenta, guapo. ¿Te ha dicho Richard que vamos a ser abuelos?

–¿En serio? Enhorabuena, no sabía nada.

–Estoy contenta, pero la verdad es que pensé que esperarían un poco más. Son tan jóvenes los dos.

–¿Quieres decir esperar como esperasteis vosotros? –rio Will.

–Ya sabes lo que quiero decir.

–Sí. Pero si uno espera mucho acaba siendo demasiado organizado, demasiado controlado, demasiado fastidioso. Y entonces te das cuenta de que la vida pasa y no te has enterado.

–Desde luego, esta fiesta está pasando sin que tú te enteres –sonrió Sylvia–. Vamos a bailar.

–¿Qué?

–No te consiento que digas que no.

Sylvia lo sacó a la pista y, mientras bailaban, Will notó los ojos de Lucie clavados en su espalda. Unos minutos después, apareció a su lado, sonriendo como siempre.

–¿Me lo prestas?

Sylvia sonrió, encantada.

–Todo tuyo.

Will apretó su espalda con la mano escayolada y con la izquierda tomó la de Lucie y se la puso sobre el corazón. Podía sentir sus pechos aplastados contra su mano. Era estupendo.

Demasiado estupendo. Pero era una buena razón para abrazarla y no pensaba desaprovechar la oportunidad.

Y entonces el padrino tomó el micrófono para anunciar que el karaoke estaba en marcha y los novios iban a cantar una canción.

–Yo me voy –murmuró Will.

Lucie lo acompañó a la mesa, riendo.

–No seas tan aburrido.

Will decidió seguir su consejo y tuvo que reírse al ver a algunos de los invitados intentando imitar a los cantantes de moda. Entonces, para su horror y consternación, Gina empezó a llamar a Lucie para que subiera al escenario. Y ella no lo dudó un momento.

–La doctora Lucie Compton va a cantarnos la canción de Whitney Houston, *I will always love you*, de la película *El guardaespaldas* –anunció el padrino–. ¡Un aplauso para la doctora Compton!

Los invitados aplaudieron y Lucie empezó a cantar. Will se quedó transfigurado. Era maravillosa. Cantaba con una voz muy suave que le ponía la piel de gallina. Y no dejaba de mirarlo. Lo miraba con tanta intensidad que se le formó un nudo en la garganta.

Era imposible que estuviera cantando para él, se dijo. Pero podía hacerse ilusiones.

Cantaba de maravilla, parecía una profesional. Todo el mundo se había quedado en silencio escuchando aquellas notas puras, llenas de sentimiento.

Cuando terminó, aguantando la última nota hasta que Will creyó que iba a quedarse sin oxígeno, hizo una reverencia y el público empezó a aplaudir, emocionado.

Cuando volvía a la mesa, todo el mundo la felicitaba.

—Ya estoy aquí. ¿Eso es agua?

—Sí.

—¿Me das un poco?

—Claro —sonrió Will.

—¡Ay, qué sed! Hacía siglos que no cantaba.

—Cantas muy bien.

—Gracias —sonrió Lucie.

Él hubiera querido abrazarla. Bueno, hubiera querido hacer algo más, pero un abrazo era tan buena forma de empezar como cualquier otra.

—¿Te sabías la canción? —preguntó, intentando concentrarse en algo que no fuera el abrazo. O su cuerpo. O su boca.

—Cantaba en un club nocturno para pagarme la universidad. Lo único malo era el humo y los sátiros.

—¿Ah, sí?

Él se sentía como un sátiro en aquel momento, pero decidió pensar en otra cosa.

—Me apetece una copa —dijo Lucie entonces.

Will pensó que iba a tener que cruzar el salón en el estado en que se encontraba, un estado en el que no era fácil caminar, pero el padrino lo salvó apareciendo con dos copas en la mano para agradecer su interpretación.

Habían vuelto a poner música y todo el mundo estaba en la pista moviendo el esqueleto.

Will aceptó el whisky. No tenía que conducir y

le iba a hacer falta algún anestésico si quería pegar ojo aquella noche.

—¿Nos vamos? —sugirió media hora después.

Lucie, un poco alegre, le puso un dedo en los labios.

—¿Es hora de irse a la cama, abuelito? —preguntó, sonriendo.

No lo sabía ella bien.

Se despidieron de todo el mundo y veinte minutos después estaban frente a la casa. Él tendría que irse por un lado y Lucie por otro y, de repente, Will no quería que terminase la noche.

—¿Te apetece un café? —preguntó entonces Lucie.

Él miró al cielo para dar las gracias.

—Me encantaría.

Mientras Lucie encendía la cafetera, Will se quedó apoyado en la pared, mirándola.

—¿Lo has pasado bien? —le preguntó ella, con una mano en la cadera, en una de esas poses que lo volvían loco.

—Sí, lo he pasado bien. Tú has estado maravillosa. Cantas fenomenal.

—Gracias.

Estaban mirándose a los ojos y Will supo que se moriría si no la besaba en ese momento.

Llevaba tres semanas sin besarla. Y eso era demasiado tiempo.

Levantó los brazos y Lucie fue hacia él sin decir nada, levantando la cara para ofrecerle sus labios.

Will los tomó con un rugido que salió de lo

más hondo de su corazón. Ella le pasó los brazos por el cuello, enredando los dedos en su pelo mientras se besaban, apretándose contra él de tal forma que Will creía que iba a perder la cabeza. Cuando Lucie empezó a desabrocharle la camisa, se apartó, asustado.

–¿Qué haces? –preguntó, con voz estrangulada.

–¿Necesitas que te lo explique? –rio ella. Su voz era suave, ronca e increíblemente sexy.

–No necesito que me lo expliques. Yo soy el instructor.

–Es verdad –murmuró Lucie, besándolo en el cuello–. ¿Qué tal lo hago?

–Bien –susurró Will, levantando su barbilla con la escayola–. No juegues conmigo, Lucie.

Los ojos verdes se volvieron muy serios.

–No estoy jugando. Quiero hacer el amor contigo.

Will dejó escapar un suspiro. Lucie quería hacer el amor con él y... ¿había pensado él en eso? ¿Estaba preparado?

Era como si hubiera ganado la lotería, pero no encontrara el décimo.

–No podemos. No tengo... nada, ya sabes.

–Pero yo sí –sonrió ella, con una sonrisa que era un pecado.

Will sintió que se le doblaban las rodillas y, cuando Lucie alargó la mano, la tomó para seguirla al dormitorio.

Ella era increíble. Dulce, atrevida, frágil y segura de sí misma a la vez. Era mil mujeres y él las deseaba a todas. La deseaba y no podía pensar en nada más.

Solo después, con Lucie sobre su pecho, exhausto, su corazón latiendo acelerado, Will recordó que ella era de otro hombre.

Fergus.

CAPÍTULO 9

LUCIE se despertó muy contenta. Nunca había hecho el amor de una forma tan hermosa, tan tierna, tan sensual. Se sentía como una persona nueva, completa. Y todo gracias a Will.

Cuando se dio la vuelta para darle un beso, vio que él no estaba en la cama.

–¿Will?

No hubo respuesta. La casa estaba en silencio. Vacía. Lucie se puso el albornoz y fue a buscarlo al cuarto de estar. No estaba allí, ni tampoco en el cuarto de baño. Cuando tocó la tetera, notó que estaba fría. ¿Cuándo se había marchado? ¿En medio de la noche?

Cuando miró hacia su casa, no lo vio por la ventana. Volvió a la cama y tocó el lado en el que Will había dormido. Estaba frío. Quizá había ido a sacar a Bruno, pensó.

Después de ducharse rápidamente, se vistió y fue a buscarlo. La puerta estaba abierta, como siempre, y lo encontró en la cocina, tomando una taza de café con expresión seria.

–Hola.

Will levantó la cabeza. Sus ojos eran inescrutables. La noche anterior había podido leer en ellos como si fueran un libro abierto, pero no aquella mañana. Aquella mañana eran distantes, remotos.

–Hola.

–¿Pasa algo? –preguntó Lucie, incómoda.

Él se encogió de hombros.

–No se me da bien lo del día siguiente.

–Ya me he dado cuenta. ¿Te importa si tomo un café?

–Haz lo que quieras. Siempre lo haces.

Lucie lo miró, con tristeza. La intimidad de la noche anterior, la ternura, las palabras cariñosas... todo había desaparecido de golpe.

–¿Has desayunado? –preguntó, intentando aparentar que no pasaba nada.

–Aún no.

–¿Quieres una tostada?

–Si la haces tú...

No iba a ponérselo fácil, eso era seguro, pero Lucie no pensaba rendirse.

Metió el pan en el tostador y se sentó frente a él para que no pudiera evitar su mirada.

Pero él lo hizo a pesar de todo. Se quedó mirando su taza de café como si su vida dependiera de ello y, cuando Lucie alargó la mano para tocarlo, Will se apartó.

–¿Qué pasa? ¿Estás enfadado conmigo?

–No me hagas caso. Yo soy así –contestó él.

–Eso explica por qué sigues soltero a los treinta y tres años –intentó sonreír Lucie.

Desayunaron en silencio y Will se levantó nada más terminar.

–Voy a sacar a Bruno.

–¿Puedo ir contigo?

–Como quieras. Pero voy a bajar al río, así que ponte unas botas.

–Vale. Vuelvo enseguida.

Lucie corrió hacia su casa, sacó las botas nuevas del armario y se puso una cazadora de pana. Encontró a Will esperándola en el camino, con la mano izquierda en el bolsillo de la chaqueta y Bruno dando vueltas como loco, dispuesto a empezar su paseo.

Él empezó a caminar sin esperarla y Lucie tuvo que correr para llegar a su lado, nerviosa y sorprendida por su actitud.

El hombre que le había hecho el amor por la noche había desaparecido y allí estaba el insoportable Will, el obstinado y antipático Will otra vez.

Tuvo que ir casi corriendo detrás de él todo el camino. Parecía estar haciéndolo a propósito para fastidiarla.

Cuando llegaron al río, Lucie decidió dejar de correr. Se tomaría su tiempo, disfrutando de las flores y la luz del sol reflejada en el agua. Tarde o temprano, él tendría que volver por allí.

Era un sitio precioso, tranquilo, lleno de paz. Will estaba parado a unos metros de ella, observando el agua.

Cuando volvió la cabeza, Lucie se dijo a sí misma que había imaginado el dolor que veía en sus ojos. ¿Era un gruñón, un hombre insociable? ¿O tendría miedo de algo?, se preguntó.

Lucie se acercó a él y, aquella vez, Will la esperó.

—Esto es precioso.

—Suelo venir aquí todos los días. En invierno es más difícil porque se hace de noche enseguida. A veces parte del río se congela y los pájaros patinan buscando comida. Y, por supuesto, Bruno se dedica a perseguirlos.

Lucie sonrió. Cuando Will le devolvió la sonrisa, levantó una mano para acariciar su cara.

—Esta mañana no me has dado un beso —murmuró, poniéndose de puntillas.

—Lucie... —murmuró él, enredando los brazos alrededor de su cintura. La besó con tal ternura, con tan temblorosa excitación, que los ojos de Lucie se llenaron de lágrimas.

Pero cuando levantó la cabeza, vio de nuevo dolor en sus ojos.

—¿Qué te pasa?

—No deberíamos haber hecho el amor —dijo Will, con voz ronca.

A Lucie se le doblaron las rodillas. ¿Por qué?, le hubiera gustado preguntar, pero no podía hablar. Tenía un nudo en la garganta. Para que él no se diera cuenta, se dio la vuelta y tomó el camino de vuelta a casa. No pensaba dejar que la viera llorar.

Poco después, escuchó el sonido de unos cascos y vio a Amanda montando a Henry por el camino. Lucie sintió una punzada de envidia. Sentir el viento en la cara, sentirse tan libre... debía ser maravilloso. Apartando una lágrima con la mano, volvió su atención al camino para no torcerse un tobillo.

Y entonces escuchó un golpe, seguido de un espantoso grito. Cuando se volvió, vio al caballo intentando levantarse, vacilante.

—Dios mío... Amanda.

Lucie volvió la cabeza para llamar a Will, pero él ya estaba corriendo, con Bruno detrás.

Estaba arrodillado al lado de Amanda cuando Lucie llegó a su lado, sin aliento.

—No respira y no tiene pulso. Creo que se ha roto el cuello, pero no puedo hacer nada con esta estúpida escayola...

Lucie pasó las manos bajo la nuca de Amanda, pero no había ninguna vértebra fuera de su sitio.

—Puede que se haya quedado sin respiración momentáneamente. Corre a buscar mi maletín y llama a una ambulancia. Tú puedes ir más rápido y yo puedo intentar hacer algo mientras...

Will desapareció antes de que hubiera terminado la frase y Lucie pasó los dedos por la espina dorsal de Amanda. Si había alguna irregularidad, no era detectable a simple vista. ¿Entonces...?

—Vamos, Amanda, no me hagas esto —murmuró, poniendo el oído sobre su corazón. Había un minúsculo latido, pero no respiraba. Usando las técnicas de reanimación, Lucie le dio un masaje cardiorrespiratorio y unos segundos después, gracias al cielo, reaccionó.

Lucie dejó escapar un suspiro.

—Me duele mucho —susurró Amanda.

—No te muevas. ¿Dónde te duele?

–En todas partes. Las piernas, la espalda... la pelvis.

Lucie asintió. Las piernas de Amanda estaban colocadas en un ángulo extraño, de modo que debía habérselas partido.

–Te pondrás bien –le dijo, rezando para que la ambulancia llegara cuanto antes. No tenía ni idea de cuáles podrían ser las lesiones internas y había que ponerle suero lo antes posible.

–Henry... –murmuró Amanda–. ¿Está...?

–Está bien, no te preocupes –dijo Lucie. El caballo estaba de pie, pero tenía una pata levantada y parecía conmocionado–. ¿Qué ha pasado?

–No sé. Ha tropezado... ¿Está bien?

–Yo no sé mucho de caballos, pero está levantando. No te muevas, Amanda.

La joven cerró los ojos y Lucie se sintió completamente sola y angustiada. En ese momento, apareció Will con el maletín en una mano y un montón de toallas en la otra.

–¿Respira?

–Sí. Le he dado un masaje cardiorrespiratorio y está descansando.

En ese momento, Amanda abrió los ojos.

–Will, cuida de Henry...

–Lo haré.

–Por favor...

–Ya he llamado al veterinario, no te preocupes. En el hospital me han dicho que van a enviar un helicóptero porque la carretera es muy mala.

–Espero que lleguen cuanto antes –dijo Lucie.

–Hay que ponerle suero.

–Lo sé. ¿Puedes sujetarle el cuello mientras lo hago?

Mientras Will sujetaba la cabeza de Amanda, Lucie abría el maletín.

–Les he dicho que traigan fluidos porque imagino que habrá un colapso circulatorio.

–Tiene la tensión bajísima –murmuró ella, preocupada–. ¿Dónde está ese helicóptero?

–No tengo ni idea. Pero Henry se va a asustar cuando lo oiga.

–¿Puedes llevártelo al establo? –preguntó Lucie, mientras le ponía a Amanda una vía intravenosa.

–¿Y dejarte sola?

–Esto ya está. Solo falta que venga el maldito helicóptero.

Will se acercó a Henry y acarició su cuello, intentando calmar al aterrorizado animal. El caballo iba cojeando, con una pata en el aire, y Lucie tuvo que apartar la mirada.

Cuando el helicóptero apareció sobre sus cabezas, Will estaba de nuevo a su lado.

–Gracias a Dios.

–Me he encontrado al veterinario al lado de casa. Él se encargará de Henry –le gritó Will para hacerse oír por encima del ruido de la hélice. Lucie agachó la cabeza, asustada.

Unos minutos después, Amanda estaba en una camilla con las piernas entablilladas y un collarín sujetando su cuello.

Cuando el helicóptero desapareció, Will y Lucie se quedaron mirando al cielo, conmocionados.

–Tengo que llamar a su madre. Tendrá que hablar con el veterinario y tomar una decisión sobre Henry.

–¿Con qué se ha tropezado? –preguntó Lucie.

Empezaron a mirar alrededor y poco después descubrieron medio escondida entre la hierba una enorme pieza de metal oxidado, posiblemente los restos de una máquina de alguna de las granjas. Seguramente llevaba allí años.

Había sido mala suerte que Henry se tropezara con ella. Podría haberles costado la vida a los dos.

Lucie se estremeció. Y pensar que ella había sentido envidia al verlos...

Cuando volvieron a la casa, encontraron al veterinario en el establo acariciando a Henry.

–¿Cómo está? –preguntó Will.

–Se ha roto la pata y no es una fractura limpia. Lo normal en estos casos es sacrificar al animal, pero no puedo hacerlo. Tengo que hablar con Amanda.

–Supongo que ella querrá salvar la vida de Henry a toda costa.

–Voy a llamar a la clínica para que traigan un remolque, pero tendrán que poner algún tipo de sujeción. El pobre animal no puede viajar en ese estado.

El veterinario entró con ellos en la casa y Will llamó a los padres de Amanda para contarles lo que había pasado. Después de insistir en que su hija iba a ponerse bien, les habló sobre Henry y, como había supuesto, ellos le rogaron que hiciera lo posible por salvar la vida del animal.

Una hora después, llegaba un remolque de la clínica veterinaria para llevarse al caballo.

—Voy a llamar al hospital —murmuró Will.

Unos minutos después, colgaba el teléfono y se sentaba frente a Lucie, que estaba tomando una taza de té.

—¿Cómo está Amanda?

—En el quirófano. Tiene fractura de pelvis, se ha roto el fémur de la pierna derecha y la tibia de la izquierda. Me temo que va a tener que estar en el hospital durante mucho tiempo.

—Pobrecilla.

Will miró su reloj, o más bien, donde solía llevar el reloj, y al recordar que se le había roto dejó escapar un suspiro.

—Supongo que no querrás venir conmigo al pueblo. Tengo que comprar un reloj.

—Claro que sí —dijo Lucie.

Le dolían los pies con aquellas botas nuevas, pero lo intentaría. Quería estar con él, quería intentar que aquella relación que había empezado la noche anterior siguiera adelante. Era muy importante para ella.

No sabía qué le había pasado a Will para que hubiera cambiado de actitud repentinamente, pero tenía que averiguarlo. Y si no podían mantener una relación amorosa, al menos quería que volvieran a ser amigos. No podía soportar aquella actitud fría y distante.

Will se sentía enfermo. Lucie era tan cálida, tan cariñosa... era como si Fergus no existiera. ¿Cómo podía ser tan frívola? Will decidió no pensar en ello, pero le resultaba imposible.

Absolutamente imposible.

Así que se encerró en sí mismo y tuvo que soportar las miradas sorprendidas de Lucie durante todo el día. Encontró un reloj, muy parecido al que se rompió al caerse de la escalera, pero le puso una cadena ajustable para que no le hiciera daño en la muñeca.

–Todavía la tienes un poco hinchada –dijo ella.

–No me extraña. Si no paro de hacer cosas con la mano... Pero no tengo más remedio, no me gusta depender de nadie.

–Podrías pedirme ayuda a mí –murmuró Lucie.

–Lo he hecho demasiadas veces –la cortó Will.

Se sentía como un canalla, pero tenía suficientes problemas con sus emociones como para preocuparse por las de ella. No podía dejar de pensar en Fergus y, al hacerlo, apretaba inconscientemente los puños.

–¿Por qué te pones así?

–Vámonos a casa –dijo él, cortante. Al ver la mirada triste en sus ojos verdes, suspiró, frustrado–. ¿Necesitas comprar algo en el pueblo?

–No. Podemos irnos si quieres.

Volvieron en silencio y, cuando llegaron frente a la casa, Lucie se excusó diciendo que tenía cosas que hacer. Will entró en la cocina, acarició a Bruno y encendió el contestador.

Nada. Ningún mensaje, ninguna distracción, nada que lo hiciera dejar de pensar en la hermosa noche que había pasado con ella.

Sin pensar, dio un puñetazo sobre la mesa y después tuvo que ahogar un grito de dolor.

No había nada que lo impidiera competir con Fergus... nada, excepto su orgullo.

Pero Fergus tenía un coche que valía una millonada y estaba seguro de que no vivía en una casa destartalada en medio de ninguna parte.

No podía competir con él por el corazón de una chica como Lucie y no pensaba intentarlo siquiera. Tendría que aceptar lo que ocurrió la noche anterior como algo que no debería haber pasado y guardar el recuerdo en su corazón para siempre.

Después de encender la chimenea, se preparó algo de comer, abrió una botella de whisky y se sentó frente a la televisión. Pero nada podía hacer que dejara de pensar en Lucie, ni las noticias, ni las películas ni los aburridos y pueriles concursos.

Estaba a punto de meterse en la cama cuando sonó el teléfono. Era, de entre todas las personas que podrían haber llamado, Fergus.

—Hola, ¿puedo hablar con Lucie?

Will tuvo que hacer un esfuerzo para no colgar. Descalzo, salió de la cocina y llamó a la puerta de Lucie.

Cuando ella abrió, con ojitos de sueño, hubiera dado cualquier cosa por estrecharla en sus brazos. Pero no lo hizo.

—Fergus está al teléfono —dijo, antes de darse la vuelta, sin fijarse en las piedras que se clavaban en sus pies descalzos.

Lucie lo siguió y Will, que no quería escuchar la conversación, cerró la puerta del cuarto de estar y subió el volumen del televisor.

—¿Fergus? ¿Qué ocurre?

—Te echo de menos.

–Fergus, ya hemos hablado de esto un millón de veces. No estamos hechos el uno para el otro.

–¿Y Will?

¿Will? Will era maravilloso, el mejor amante que hubiera podido soñar, el hombre más tierno y... más complicado que había conocido nunca.

–¿Por qué lo preguntas?

–Porque quiero saber si estás con él o tengo alguna oportunidad. Quiero verte, Lucie. Necesito preguntarte una cosa.

Aquello era espantoso... ¿o no?

Quizá un poco de competencia haría que Will abriera los ojos de una vez.

–Muy bien. Puedes venir a comer mañana. A la una.

–Estupendo. Yo llevaré la comida.

–De acuerdo. Hasta mañana entonces.

Después de colgar, Lucie miró la puerta del cuarto de estar y se encogió de hombros. Volvió a su casa y se metió en la cama, escondiendo la cabeza bajo la almohada. Había pensado que estaban llegando a alguna parte, pero Will se portaba como si fueran extraños.

¿Cómo podía decir que no deberían haber hecho el amor?, se preguntaba. Había sido la experiencia más hermosa de su vida y estaba segura de que lo había sido solo para ella.

Pero el dolor que había visto en los ojos del hombre era debido a algo que ella desconocía.

Quizá una mujer en su pasado. Quizá le habían hecho mucho daño y no podía enfrentarse con otra historia de amor. Lucie no quería ni pensar que hubiera pensado en aquella otra mujer mientras estaba con ella. ¿Era por eso por lo que no había querido verla por la mañana?

Angustiada, se secó las lágrimas con el camisón. Pero le resultaba imposible dormir porque las sábanas olían a él, a su colonia, a su cuerpo.

Angustiada, tomó su diario y escribió:

Anoche hicimos el amor. Al menos, yo pensé que habíamos hecho el amor. Pero quizá para él solo ha sido sexo.

Una lágrima cayó sobre el papel, pero Lucie decidió seguir escribiendo:

Fergus viene mañana a comer porque quiere preguntarme una cosa. Espero que no sea lo que me temo. Amanda y Henry han tenido un dramático accidente en la carretera esta mañana. Pensé que habían muerto los dos, pero creo que van a ponerse bien. Oh, Will, te amo, pero me vuelves loca. ¿Por qué no me abres tu corazón? Pensé que había algo muy especial entre tú y yo, pero quizá me he equivocado.

Lucie volvió a dejar el diario sobre la mesilla, apoyó la cabeza sobre la almohada y lloró hasta quedarse dormida.

Fergus llegó a la una en punto. Will vio el coche por el camino cuando se disponía a rellenar con tierra alguno de los baches.

Pero después de ver el deportivo, decidió no hacerlo. Quizá así Fergus dejaría de ir a visitar a Lucie. O se metería en un bache tan profundo del que nunca podría salir. Eso sería lo mejor.

Furioso, tiró al suelo la pala y cerró la ventana. Pero tuvo tiempo de ver a Lucie recibir a Fergus con un beso en la mejilla.

Al menos no era un beso como los que ellos se habían dado dos noches atrás. O quizá Fergus era demasiado educado como para hacerlo en público.

Cuando aquel estirado abrió el maletero y sacó una ridícula cesta de mimbre, Will estuvo a punto de soltar una carcajada. ¿Dónde creía que estaba, en una mala película sobre la aristocracia inglesa?

Pero, por muy ridículo que le pareciera, quien se iba con Lucie era Fergus.

Y él se quedaba solo.

CAPÍTULO 10

EL AMBIENTE entre ellos siguió tenso durante unos días, pero Lucie se negaba a dejarse afectar.

Cuanto más lo ignoraba, más atención le prestaba Will. Al menos podían hablar del trabajo con naturalidad y eso los mantenía ocupados.

El martes por la tarde, fue a buscarla y le preguntó si quería ir con él a visitar a Dick.

—Le han hecho la angioplastia y acaba de volver del hospital. Supongo que se alegrará de tener compañía.

—Y tú podrás robar un par de tiestos, ¿no? —intentó bromear Lucie—. Podrías devolverles los que trajiste el otro día. Están secos.

—Es que no he tenido tiempo de plantarlos. Podrías haberlos regado tú.

—Y también podría pintarte la casa y lijar el suelo, pero no me da la gana hacerlo. ¿Nos vamos?

—Solo si me prometes no decirle a Pam que se me han muerto los geranios.

—No pensaba chivarme —dijo ella, sacando las llaves de su coche—. ¿Vienes conmigo o vas andando?

—Voy contigo.

Poco después, llegaban frente a la casa, rodeada de un precioso jardín.

Habían pasado cinco semanas desde que conoció a aquel encantador matrimonio y, en el mes de mayo, las flores empezaban a florecer por todas partes. Era tan diferente de los aburridos jardines de Londres, tan estirados, tan colocados... Allí todo crecía sin orden, pero con un colorido que alegraba la vista.

Pam abrió la puerta con una sonrisa de oreja a oreja.

—Dick está deseando hablar con alguien que no sea yo. Está en el jardín, plantando rosas. ¿Os lo podéis creer? Está de maravilla, parece otro hombre. Salid al jardín mientras yo preparo el té.

Encontraron a Dick plantando semillas. El hombre se incorporó al verlos, sonriente.

—Hola. ¿Cómo estáis?

—Muy bien. Pero el que tiene buen aspecto eres tú.

—La verdad es que me encuentro estupendamente, gracias a esta jovencita. Voy a darte un beso —anunció el hombre—. Muchas gracias por convencerme.

Will soltó una carcajada. La primera que Lucie había oído en muchos días.

—¿Y a mí qué?

Dick se encogió de hombros.

—A ti no te beso. Tú eres un médico estupendo, pero fue Lucie quien averiguó por qué no quería ponerme el marcapasos. Las mujeres son más perceptivas, ya sabes.

–Pues me alegro mucho de haber podido hacer algo –sonrió ella.

–Ah, aquí está Pam con el té. Vamos a sentarnos bajo la higuera.

Estuvieron charlando durante mucho rato y Dick les contó los planes que tenía de volver a trabajar, llevar a su mujer de vacaciones... Parecía otro hombre y Pam no podía disimular su alegría.

Will se mantuvo en silencio durante el camino de vuelta. De nuevo volvía a estar ausente, distante. Cuando llegaron a la casa, estaba sonando el teléfono.

–Es para ti. Fergus –dijo él, con una expresión de disgusto que a Lucie no le pasó desapercibida.

¿Sería Fergus la razón para su frialdad?, se preguntó.

Lucie entró en la casa y, como había ocurrido unos días antes, Will cerró la puerta del cuarto de estar y encendió la televisión.

–Hola, Fergus.

–Hola Lucie. ¿Cómo estás?

–Bien. ¿Y tú?

El maldito Fergus otra vez, pensó Will, mirando por la ventana. Echaba de menos a Henry piafando en el establo. Aún no sabían qué posibilidades tenía de sobrevivir, pero Amanda estaba mejorando mucho. Y conociendo a los fisioterapeutas del hospital, estaría corriendo dentro de pocos meses. Le hubiera gustado ir a verla, pero no quería pedirle a Lucie que lo llevara en el coche.

Podía oír su voz al otro lado de la puerta y,

aunque no entendía lo que estaba diciendo, la oía reír, una risa que era como un cuchillo en su corazón.

Tragando saliva, miró hacia el río, que nunca sería el mismo después de haber paseado con ella. Aún podía verla, iluminada por los primeros rayos del sol, con el pelo como un halo de rizos oscuros.

Lucie colgó el teléfono y después de decirle unas palabras cariñosas a Bruno, llamó a la puerta.

–¿Alguna noticia de Amanda? –preguntó, entrando en el cuarto de estar sin esperar a ser invitada.

–Está mucho mejor.

–Había pensado ir a verla al hospital. Supongo que tú también querrás venir.

Como si hubiera leído sus pensamientos.

–La verdad es que sí, pero había pensado ir en taxi para no molestarte.

–No me molestas.

Will no podía negarse porque habría sido absurdo. Aunque, últimamente, hacía muchas cosas absurdas, pensó.

Llegaron al hospital a las seis y Amanda, aunque dolorida y cansada, se alegró mucho de verlos.

Lucie le había llevado un ramo de flores y Will colgó la tarjeta junto con otras que la joven había recibido.

Seguía llevando el collarín y tenía las piernas escayoladas, pero les dijo que lo peor era el aburrimiento.

—¡Y solo han pasado unos días! —exclamó—. No sé qué voy a hacer cuando lleve aquí un mes.

—Ya veras cuando los fisioterapeutas te pongan la mano encima. Entonces, desearás volver a la cama —sonrió Lucie.

—De todas formas, es culpa mía. Iba galopando como una loca al borde de la carretera. ¿Sabéis con qué tropezó Henry?

—Con una pieza de metal escondida entre la hierba —contestó Will—. He hablado con los granjeros de alrededor y hemos decidido limpiar el camino entre todos.

—¿Qué sabéis de mi caballo?

—Lo han operado y parece que está mejor. No saben cómo va a curarse la fractura, pero esperan que salga bien. Es un animal muy fuerte.

Media hora después, Amanda parecía cansada y se despidieron. Cuando estaban a punto de salir de la habitación, la joven tomó la mano de Will.

—Gracias por todo. Me han dicho que me salvasteis la vida.

Los ojos de Amanda estaban llenos de lágrimas y él se inclinó para darle un beso.

—Nos dedicamos a eso, tonta. Y, por cierto, tenemos que pasarte la factura.

—Cuídate —le dijo Lucie.

En el pasillo se encontraron con los padres de Amanda. De nuevo, otra ronda de agradecimientos.

–¿Te apetece cenar en algún sitio? –preguntó Will cuando salían del hospital.

Lucie lo miró, sorprendida. ¿Querría hacer las paces? ¿Querría hablar de lo que había pasado el viernes por la noche? ¿O simplemente tenía hambre?

Daba igual. Ella también estaba hambrienta.

–Vale. Tú eliges.

Fueron a un restaurante indio y descubrieron que los dos sentían pasión por el pollo al curry y el arroz *basmati*.

Lucie se preguntó cómo podían tener tantas cosas en común y, sin embargo, ser incapaces de decir lo que realmente pensaban después de haberse entregado el uno al otro como lo habían hecho.

Mientras cenaban, hablaron sobre trivialidades intentando no estropear la tregua.

Pero cuando llegaron a casa, Lucie decidió arriesgarse.

–¿Te apetece un café?

–No, gracias –contestó él–. Tengo que escribir un par de cartas y tardo siglos en hacerlo. Quizá otra noche.

–Muy bien –dijo Lucie, intentando disimular la desilusión.

Media hora después estaba en la cama, con el diario sobre las rodillas, escribiendo:

Ha sido una cena muy agradable, pero no hemos hablado de lo que deberíamos hablar. ¿Qué nos pasa? Tengo que llamar a Fergus mañana para hablar sobre el concierto del sábado. Espero que no se me olvide.

Pero se le olvidó. Se le olvidó el miércoles y el jueves. Por la noche, puso una nota en la nevera en grandes letras rojas: *Llamar a Fergus para darle una respuesta.*

Aun así, se le olvidó.

Will y ella seguían disfrutando de una tregua y, cuando volvieron a casa por la noche, Lucie sintió el impulso de invitarlo a cenar.

—No tengo muchas cosas en la nevera, pero seguro que puedo preparar algo decente.

—Vale. Voy a dar un paseo con Bruno y enseguida vuelvo.

Cuando llamó a la puerta, Lucie tenía preparado un plato de pasta con huevos y beicon que tenía muy buena pinta.

Mientras cenaban, Will se preguntó si Fergus sería realmente importante para ella o tenía alguna oportunidad. Pero no sabía cómo averiguarlo.

Lucie se levantó para hacer el café y él la siguió, con los platos en la mano.

—¿Por qué no haces tú el café mientras yo friego los platos?

Se había hecho una coleta y Will no pudo evitar inclinarse y darle un beso en la nuca.

—Tengo una idea mejor —dijo, tomándola en sus brazos. La besó con suavidad, casi con timidez, pero le temblaban las piernas al hacerlo.

–Mejor nos olvidamos del café y de los platos, ¿te parece? –sugirió ella.

–Voy a guardar la leche –sonrió Will.

Cuando fue a abrir la nevera, vio la nota en letras rojas: *Llamar a Fergus para darle una respuesta.*

Con cuidado, guardó la leche, cerró la puerta e hizo un esfuerzo para controlarse. Fergus otra vez. ¿Qué respuesta tenía que darle?

–La verdad es que debería irme a dormir –dijo entonces, con una voz que parecía llegar desde muy lejos.

–¿Qué?

–No puedo quedarme. No me encuentro bien.

Lucie lo miró, incrédula.

–¿Te importa si uso el teléfono? –le preguntó.

–Claro que no.

Volvieron a su casa en silencio y, cuando entraron en la cocina, Will se inclinó para ponerse las botas.

–¿Dónde vas?

–A pasear un rato con Bruno.

–¿Otra vez? –preguntó Lucie, sin poder disimular la ironía. Estaba empezando a hartarse de aquella situación–. Hola, Fergus. Soy Lucie –dijo, antes de que Will pudiera escapar–. Y la respuesta es sí.

Will cerró de un portazo y salió prácticamente corriendo hacia el río, con Bruno detrás.

«La respuesta es sí». ¿Qué habría querido decir?, se preguntaba, angustiado. Por favor, que no fuera lo que temía, que no fuera eso... iba rezando mentalmente.

Lucie colgó el teléfono y miró por la ventana. ¿Qué le pasaba a aquel hombre? Tenía que ser Fergus, se dijo. Tenía que ser eso.

Volvió a su casa y después de limpiar los platos encendió un rato la televisión. Cuando iba a meterse en la cama, vio a Will por la ventana volviendo del paseo, exhausto.

Idiota. Nunca se curaría los brazos si seguía portándose como un crío. Lucie cerró las cortinas, tomó su diario y se puso a escribir:

Me rindo. No puedo rescatarlo, es imposible. Este fin de semana me voy a Londres. Estoy harta. Le he dicho que sí a Fergus, así que nos veremos mañana por la noche. Al menos con él no tengo que estar preguntándome cada cinco minutos si le gusto o no le gusto.

Lucie tiró el diario al suelo y se quedó mirando a la pared, con los ojos llenos de lágrimas. A la porra Will, a la porra todos los hombres. Solo daban problemas.

Pero Will era un hombre que valía por cien y no podía quitárselo de la cabeza.

Derrotada, dejó que las lágrimas rodaran por su rostro hasta que se quedó dormida.

Por la mañana, guardó un par de cosas en su bolsa de viaje y salió de la casa.

Al menos tenía todo el fin de semana para que se le pasara el enfado antes de volver a intentarlo.

Si volvía a intentarlo. En aquel momento, no estaba segura de querer hacerlo.

—¡Minnie! ¿Cómo has entrado ahí?

La gata lo miraba desde la ventana de la cocina de Lucie y Will tuvo que ir a su casa para buscar la llave.

Debía haberse metido antes de que ella se fuera a Londres, pensó, sintiendo un nudo en el estómago.

Lucie, en Londres. Con ese Fergus.

Cuando entró en la casa para rescatar a Minnie, la gata se fue corriendo a la cama.

Will fue tras ella y un libro tirado en el suelo llamó su atención. Cuando lo tomó, se dio cuenta de que era un diario.

El diario de Lucie. No pudo evitarlo y miró una de las páginas: *Rescatar al doctor Ryan*, leyó.

¿Rescatarlo a él? ¿De qué?

Will siguió leyendo:

Will me ha besado. No sé si quería hacerlo y no sé si ocurrirá otra vez, pero tengo la impresión de que necesita que lo rescaten de sí mismo. Esa podría ser mi próxima misión: Rescatar al doctor Ryan.

¿Rescatarlo de sí mismo? ¿Tan patético era?

Sí, tuvo que reconocer. Patético y estúpido. Dejar escapar a una mujer como Lucie...

Will siguió leyendo hasta llegar a una de las últimas páginas:

Anoche hicimos el amor. Al menos, yo pensé que habíamos hecho el amor. Pero quizá para él solo ha sido sexo.

Había algo tan tierno en aquella declaración que los ojos de Will se humedecieron. Una de las frases parecía borrosa, como si sobre ella hubiera caído una lágrima de Lucie. Will tragó saliva mientras seguía leyendo:

Fergus viene mañana a comer porque quiere preguntarme una cosa. Espero que no sea lo que me temo. Amanda y Henry han tenido un dramático accidente en la carretera esta mañana. Pensé que habían muerto los dos, pero creo que van a ponerse bien. Oh, Will, te amo, pero me vuelves loca. ¿Por qué no me abres tu corazón? Pensé que había algo muy especial entre tú y yo, pero quizá me he equivocado.

¿Te amo?, Will tuvo que toser para deshacer el nudo que tenía en la garganta. Después de eso solo había escrito:

Me rindo. No puedo rescatarlo, es imposible. Este fin de semana me voy a Londres. Estoy harta. Le he dicho a Fergus que sí y nos veremos

*mañana por la noche. Al menos con él no tengo
que estar preguntándome cada cinco minutos si le
gusto o no le gusto.*

Will hubiera querido ponerse a gritar. Tenía
que darle una oportunidad, tenía que hablar con
ella antes de que fuera demasiado tarde. ¿Qué sig-
nificaba ese «sí» a Fergus? ¿Que iba a acostarse
con él, que quería vivir con él?

¿Que iba a casarse con él?

Después de tomar a Minnie en brazos, Will salió de la casa a toda prisa.

–Sé bueno, Bruno. Y tú también, Minnie. Vol-
veré mañana por la mañana pase lo que pase. Os
dejo comida y agua para todo el día.

Después de tomar la tarjeta de Fergus, que Lucie había pegado a la nevera, cerró la puerta con
llave y entró en el jeep. Tendría que pasarse por la
clínica para buscar la dirección de Lucie.

No debería conducir, pero era una emergencia.
Tenía que hablar con Lucie antes de que hiciera
algo irrevocable.

¿Cómo qué? ¿Acostarse con Fergus?

La idea de que Fergus la tocara le ponía la piel
de gallina.

–Es mía –murmuró–. No te atrevas a tocarle un
pelo, bastardo.

Will conducía a más velocidad de la debida en
aquella horrenda carretera, pero tenía prisa. Nunca
antes había tenido tanta prisa. Entró en la clínica, le
pidió a la recepcionista la dirección de Lucie en
Londres y después tomó la autopista como un rayo.

Llegó en un tiempo récord, probablemente dejando atrás docenas de multas por exceso de velocidad que el radar de la policía habría captado, pero le daba igual.

Paró un momento para mirar el plano y al cabo de diez minutos estaba frente a la casa de Lucie.

Y allí, aparcado, estaba su coche.

Will aparcó en el primer sitio que encontró, seguramente en zona prohibida. Mientras se acercaba al portal, iba pensando si ella estaría allí, si estaría con Fergus...

—¿Quién es? —escuchó su voz por el telefonillo.

—Lucie, soy Will. Abre.

Él subió las escaleras de dos en dos, con el corazón en la garganta.

—¿Pasa algo? —le preguntó Lucie, con cara de susto.

Will pasó a su lado, abriendo todas las puertas, registrando...

—¿Qué haces?

—¿Dónde está?

—¿Quién?

—No juegues conmigo, Lucie. Fergus, por supuesto. Dijiste que ibas a verlo el viernes por la noche.

—Yo no te he dicho eso.

—Sí... bueno, lo ponía en tu diario.

—¿Has leído mi diario? —repitió ella, atónita.

—Sí, he leído tu maldito diario. Hace un momento. Estaba en el suelo y yo iba a sacar a Minnie y...

—¿Qué?

—Que vi lo de: Rescatar al doctor Ryan. Y para tu información, para mí no fue solo sexo, hicimos el amor, Lucie —dijo entonces Will con una ternura que ella casi había olvidado—. Hicimos el amor, ¿verdad?

Ella lo miró a los ojos, intentando contener las lágrimas.

—Yo pensaba que sí.

—Y tenías razón. Pero es que, con Fergus siempre rondándote, me pareció que... que no estaba bien.

—¿Por qué?

—Porque eras de Fergus...

—Yo no soy de nadie —lo interrumpió Lucie.

—No te me pongas feminista ahora, ya sabes a qué me refiero.

—Sí, lo sé. Y no soy de Fergus. Ni siquiera me he acostado con él.

—¿No?

—No. Y nunca lo haré.

Will la miró, atónito, incapaz de creer lo que estaba oyendo.

—Pero dijiste... ¿No tenías que darle una respuesta?

Lucie soltó una carcajada.

—No te rías. Esto es muy serio.

—Fergus tenía entradas para un concierto de rock... pero como a mí no me apetecía, ha ido con mis amigos. Por cierto, me ha dejado un par de entradas, por si quería ir contigo.

—¿Qué?

—Lo que has oído. Fergus es un estirado, pero también es una persona generosa y...

Will la estrechó en sus brazos.

—Lucie, mi amor.

—No quiero más peleas. Nunca más.

—Yo tampoco. Te quiero, Lucie Compton —dijo Will en voz baja—. Siento mucho no habértelo dicho antes, pero pensé que estabas enamorada de Fergus y no quería hacer el ridículo.

—Ese tonto orgullo —sonrió ella, feliz.

—¿Me perdonas?

Lucie tomó su cara entre las manos y lo miró a los ojos.

—Sí, doctor Ryan. Te perdono... pero tienes que decirme que me quieres tres veces al día, para que no se me olvide.

—Y tú tienes que hacer lo mismo.

—Te quiero. Te quiero. Te quiero —sonrió ella—. Ahora tú.

Will buscó sus labios para besarla con todo el amor y la ternura que llevaba dentro.

—Te quiero —murmuró.

—Y yo a ti, tonto.

Después, varias horas después, Lucie aceptó casarse con él.

—Te quiero, Lucie —sonrió Will.

Bianca®...
la seducción y
fascinación del romance

No te pierdas las emociones que te brindan los títulos de Harlequin® Bianca®.

¡Pídelos ya! Y recibe un descuento especial por la orden de dos o más títulos.

HB#33547	UNA PAREJA DE TRES	$3.50 ☐
HB#33549	LA NOVIA DEL SÁBADO	$3.50 ☐
HB#33550	MENSAJE DE AMOR	$3.50 ☐
HB#33553	MÁS QUE AMANTE	$3.50 ☐
HB#33555	EN EL DÍA DE LOS ENAMORADOS	$3.50 ☐

(cantidades disponibles limitadas en algunos títulos)

CANTIDAD TOTAL	$ _____
DESCUENTO: 10% PARA 2 Ó MÁS TÍTULOS	$ _____
GASTOS DE CORREOS Y MANIPULACIÓN	$ _____
(1$ por 1 libro, 50 centavos por cada libro adicional)	
IMPUESTOS*	$ _____
TOTAL A PAGAR	$ _____
(Cheque o money order—rogamos no enviar dinero en efectivo)	

Para hacer el pedido, rellene y envíe este impreso con su nombre, dirección y zip code junto con un cheque o money order por el importe total arriba mencionado, a nombre de Harlequin Bianca, 3010 Walden Avenue, P.O. Box 9077, Buffalo, NY 14269-9047.

Nombre: _____

Dirección: _____ Ciudad: _____

Estado: _____ Zip Code: _____

Nº de cuenta (si fuera necesario):_____

*Los residentes en Nueva York deben añadir los impuestos locales.

Harlequin Bianca®

En cuanto Nick Armstrong vio a Barbie Lamb supo que tenía que conseguirla. ¡Era la mujer más sexy que había visto en su vida! Había olvidado por completo a aquella adolescente enamoradiza a la que había rechazado hacía tantos años...

Barbie estaba a punto de obtener la más dulce de las venganzas consiguiendo que Nick la deseara de aquel modo, para luego rechazarlo como lo había hecho él. El problema era que Nick parecía no acordarse de ella y lo único que su deseo estaba provocando era reavivar lo que una vez había sentido por él. La pasión que había entre ellos se estaba haciendo cada vez más irresistible, pero, ¿qué pasaría cuando por fin se enfrentaran a su pasado?

Una venganza muy dulce

Emma Darcy

PÍDELO EN TU PUNTO DE VENTA

ATRACCIÓN
IMPOSIBLE
Sara Orwig

El ranchero y campeón de rodeo Jeb Stuart estaba empeñado en recuperar al hijo que su ex mujer había dado en adopción, pero no había contado con el amor que sentía el pequeño por Amanda Crockett, su encantadora madre adoptiva.

Aquello llevó a Jeb a proponerle a Amanda un matrimonio de conveniencia por el bien de su hijo. Amanda enseguida descubrió que el plan era también por el bien del propio Jeb, que quería llevársela a la cama. Aunque sabía que debía proteger su corazón, no podía resistirse a los apasionados avances de aquel atractivo cowboy. En las calurosas noches texanas Jeb la enseñó a disfrutar de su propia sensualidad pero, ¿podría ella enseñarlo a amar de nuevo?

PÍDELO EN TU PUNTO DE VENTA

El guapísimo, inteligente y seductor Jack Marin siempre se salía con la suya. Y, aunque estaba divorciado, desilusionado y en contra del matrimonio, deseaba tener un hijo, así que lo que hizo fue dirigirse a una clínica para encontrar una madre anónima que diera a luz a su bebé. Pero hubo un error en el banco de esperma y Jack descubrió que su hijo estaba creciendo en el vientre de su bella empleada, una joven viuda que acababa de entrar en la empresa y que amaba al bebé como si fuera suyo. La única manera de que Jack recuperara a su hijo era convencer a la impetuosa madre para que se convirtiera... ¡en su esposa!

La llave de la felicidad

YA ESTA EN TU PUNTO DE VENTA